筆給你，你來寫

Give You the Pen you Write it

下

三花喵＿. 作
Noriuma＿. 繪

Contents

目錄

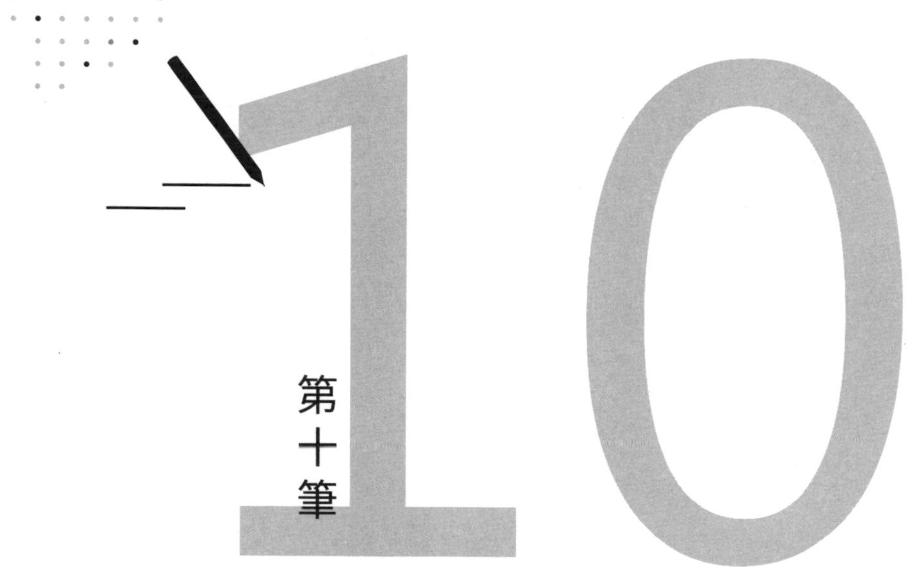
第十筆
10

幾小時之前，一六七基地被一群性格凶殘的變異蝗蟲連夜圍攻了。

牠們的首領表示：「我們是不可能去打工的，這輩子都不可能。最多就是來打劫的。」

溫司令接到求助訊號，立刻派應准帶機甲陸戰隊前去支援。文舞當然不會錯過這個賺貢獻點的機會，跟著大家一夜酣戰。

回來沖完澡，她直接累癱。「妮妮，有沒有辦法催更啊，作者一直不更新，我都沒糧了。」

系統不上當，**「宿主醒醒，妳只是因為沒劇情可改，覺得無聊而已。」**

「啊～無敵～是多麼寂寞～」文舞隨便哼唱幾句，習慣性地召喚出文章頁面一更新，還是沒——等等，她更新了！

『第二十九章、必死無疑』。一看這個惡意滿滿的標題，她就知道作者還沒死心，只是不清楚醞釀了這麼久，對方又會想出什麼新花樣來。

『三姓貴族因為物資而內訌，兩家吃一家，各個武裝勢力也趁亂開戰，互相吞併，境外亂成一團。卡卡教授漁翁得利，連哄帶騙、找來了大量的活人進行實驗，其中大部分是渴望得到異能的普通人，但也不乏想要再次進化的異能者。

『終於，在無數次失敗、邊境莫名出現了大量的殭屍後，卡卡教授的異能者升級藥水宣布實驗成功。他忙著和β星取得聯絡，不料實驗體們卻突然反目，洗劫了第一批樣本後逃得無影無蹤。』

文舞看到這裡，試著將「實驗成功」改為「實驗廢止」。

如果能讓他停手就好了，她想……得美。

這邊剛修改完，作者立刻改了回去，氣得她咬牙切齒，「妮妮，這不會就是作者用半個月時間想到的大招吧，二十四小時都盯著我？」

「差不多。她分析了之前妳將「無人生還」改成「無人傷亡」、又被她改回去的內容，發現妳從來不在同一個地方動手，所以打算從這個角度嘗試阻止妳。簡單來說，就是不管妳改了哪裡，她都會立即恢復原樣。」

文舞莫名感到有點佩服。作者不知道她開了金手指穿書，卻冥冥中摸到了金手指使用的規則和限制。等等，限制——

她突然將視線移動到頁面最上方，盯著文章標題，「必死無疑，妮妮，我懷疑作者跟上次一樣，又想布陷阱給我跳！」

系統也反應過來，「妳是說，她假裝全程追著妳修改，實際上是發現了妳沒辦法動標題，所以安排了必死的局面？」

文舞點頭，下意識攥緊了拳頭。

果然沒有人是一成不變的，她在末世裡不斷地進步，作者也在電腦前逐漸地摸索。

文舞繼續往下看。這章內容比以往都多，她覺得作者多半是故意這麼做的，好方便她不斷地調整後文，挖坑給基地跳。而文舞一章的修改許可權最多只有三次。

『蔣之田自從被徐欣怡和文舞一起「背叛」後，心裡始終憋了口氣，越發渴求強大的力量。他外出探索資源時，意外救回了一人，這人剛好是從卡卡教授那裡出逃的實驗體之一，身懷可以激發普通人潛在異能、幫助異能者再次進化的神奇藥水。

『蔣之田見此人中暑昏迷，毫不猶豫地用淨水將其潑醒，又餵他喝了整整一壺。對方為了表達謝意，同時尋求庇護，主動獻上了一支裝有紫色液體的試管。

『恰在這時，避難所遭到變異食人花、食人樹的攻擊，眾人不敵，蔣之田情急中喝下藥水，令控火異能強制進化，而後成功地退敵。彼時，他已經是近乎無敵般的存在，轉眼就吞併了徐欣怡所在的避難所、以及文舞所在的救援基地，開啟了他的末世征途。』

最後被Cue到的文舞：哈？

真就萬變不離其宗。

她要握筆修改之際，想到作者的虎視眈眈，突然改變了主意，出門叫上應准，帶著變異鋸齒獸們一起趕往避難所。

上有政策，下有對策。作者想等她先修，自己再改，她大可以算好時間，讓事情成為既定事實，無法變動。

文舞等人潛伏在避難所附近，不久後等到了救人而歸的蔣之田。

蔣之田命人將救回來的人抬到陰涼處，吩咐道：「再拿一壺水給我。」

跑腿的人去而復返，把水壺遞給蔣之田。

——就是現在！文舞握筆，迅速改動了一個關鍵字。

下一秒，蔣之田毫不猶豫地用水將人潑醒。那人猛然睜開眼，表情扭曲地大罵，「靠，你這個神經病，為什麼用開水潑我，老子跟你拚了！」

蔣之田冷不防被偷襲，一腳踹過去將人踢飛。那人摔在地上，壓碎了試管，紫色的液體流了一地。

而後發生的事一如文中所述，避難所被大量的食人花、食人樹包圍，變異鋸齒獸首領主動去找蔣之田談合作，美滋滋地賺了一筆外快。

第一回合，文舞勝。

返程時，文舞等人發現遠處忽然竄起一股狼煙。

「有人遇險，距離太遠了，從這裡過去恐怕來不及。」應准做出判斷的同時，打開末世論壇查看求助文章，而後瞳孔一縮。

【緊急】最高領導人祕密視察，在一六〇基地附近被困，請求支援！

文舞也看到了，但她看的不是論壇，而是剛剛變動的劇情。

『救援基地的最高領導人微服出巡，不料遇到流沙地陷，一行人全都掉進了沙洞中。

『他們此時還不知道，這並非普通的流沙，而是一群變異沙鼠打的洞，專門用來誘捕人類。面對比成年大象還強壯的變異沙鼠，人類毫無反抗之力，一旦遇上就必死無疑。』

文舞瞇起眼睛，沒想到竟然是聲東擊西。作者這次真正的目標根本不是一六八基地和她，而是四季的靈魂人物，對所有救援基地來說至關重要的那位！

她吹了聲口哨，藏在沙丘後面的專雞立刻撲騰著翅膀飛來。

「開車來不及了，但牠來得及。我先走一步，你們盡快趕過來！」

文舞拽著雞翅膀，靈巧地飛身而上，「未來一星期，你想吃什麼就給什麼，用你的最快速度，給我飛到冒著煙的那個地方！」

變異公雞一鳴，冷不防從身體兩側又伸出兩對翅膀，「嗖」的一下衝入天際。

應准等人：「……」

沒想到，這還是一隻深藏不露的雞。

文舞知道自己的專雞不久前悄然進化了，和那群噴磚獸一起，只是沒想到牠變得這麼厲害。看著一下多出來的四隻雞翅膀，感動的淚水從她眼角流下。

專雞本能地升起一股危機感，本就奇快無比的速度再次提升，僅用了三十秒就到達冒煙現場。

「大家別怕，我來救你們了！」文舞從半空中直接跳進沙洞裡，英勇的身姿令所有人都——

撲通。她下落的過程中被流沙掛了一下，頭先著地。

眾人：「……」

這英勇的身姿，真是令所有人都跟著心疼。

來不及寒暄客套，文舞爬起來衝著大家比劃噤聲的手勢，「噓。」

她豎起耳朵聽著沙洞裡的動靜，很快就發現左手邊傳來一陣穿沙而過的「窸窸窣窣」。

「來了。」

她背對眾人調出文章頁面，握著筆對準了兩個字，屏住呼吸，遲遲不改。直到左手邊的沙洞忽然被打通，有什麼東西即將冒出來的一剎那，她飛速落筆，將「變異沙鼠」改成了「變異諧星」。

零點一秒的時間差，作者完全反應不及，只能盯著突然變化的劇情乾瞪眼。

『他們此時還不知道，這並非普通的流沙，而是一群變異諧星打的洞，專門用來誘捕人類。面對比成年大象還強壯的變異諧星，人類毫無反抗之力，一旦遇上就必死無疑。』

劇情發生。

下一秒，沙洞左側鑽出來一群巨大鳥型的變異諧星，為首的高智慧首領張開翅膀，指著眾人，冷聲下令，「小的們，一起上，為他們說一段群口相聲。」

眾人：「？」

過了會兒，沙洞內只剩下一片鵝叫聲。

「哎呦我的媽呀，笑死我了哈哈哈！」

「呃呃呃呃太有趣了，我也是哈哈哈哈哈真的笑死！」

「哈哈哈哈哈……」

變異譜星首領轉了轉一對黑豆眼，掃視全場，而後陰森森道：「好了，此處已經無人生還，我們走，去下一個陷阱幹掉目標。」

變異譜星來去匆匆，留下一眾被笑死的人。

隨行的人尚且沒反應過來怎麼回事，只當是陷入流沙裡，偶遇了神奇的變異物種，最高領導人卻留意到那群譜星龐大的體型，若有所思。

不難想像，如果當時兩邊打起來，會是何等慘烈的下場。

他欣慰地看向文舞，目露讚賞，「感謝妳及時趕到，如果我沒猜錯，妳就是應准跟我提到的那個新同伴吧。」

為了保密，最高領導人刻意沒有說出文舞的能力。

文舞對著這位鬚眉皆白、目光卻清亮有神的老者敬了個標準的軍禮，「您好，我是一六八救援基地異能部的大隊長，文舞。我先來一步，應隊長他們隨後就到。」

她出發之前應准特意囑咐，這位的身分在外面不能說破。

似乎是意識到彼此的身分都滿神祕的，一老一少相視而笑。其他人後知後覺，最高領導人似乎對這個獨自趕來幫忙的年輕女孩頗為看重，好奇而不失禮貌地打量了幾眼。

雖然不知道這個女孩一個人，要怎麼幫助大家離開幾十公尺深的沙洞，但就憑人家想也不想就跳下來，他們這群人就十分領情。

「文隊長妳好，我是一號基地救援部的大隊長，高卓。」

「妳好文隊長，我是一號基地異能部的大隊長，尹妮。感謝妳幫我們做的綠化，每天能吃到新鮮蔬菜真的好幸福。以後如果需要幫忙儘管來找我，我的能力如妳所見。」

文舞看著從空氣中伸出來的一隻白皙小手，不禁莞爾。

尹妮，隱匿。

身為十年資深讀者，這些作者懶得思考，怎麼好記怎麼來的取名方式她太懂了。

大家見文舞從容地和尹妮握手，絲毫沒被這個喜歡搞怪的傢伙嚇到，紛紛感嘆，不愧是異能部的隊長，心態果然不一般。

氣氛輕鬆活躍，後面的人挨個上前做自我介紹。剛好最後一個人聲音落下時，應准和一六〇基地的救援隊也接踵而至。

文舞發動異能，將周圍綠化、固定住流沙，而後大家合力從上下兩邊一齊開挖，不久後挖出一條四十五度角的斜坡，讓坑底的人可以輕鬆爬出去。此時受困的人才恍然，難怪文舞一來就往下跳，原來是為了綠化流沙啊，她可真是個小機靈鬼。

三方人馬簡單地寒暄完畢，為了避免節外生枝，一起往距離最近的一六〇基地行進。

路上，文舞恨不得每分每秒都盯著文章頁面，生怕作者突然修文，挖陷阱給他們跳。

在她第三次一腳踩空，險些吃沙子、被應准及時扶住後，應准終於低聲道：「是不是接下來會有危險？」

文舞點頭，「所以我必須盯緊，我的能力短時間只能再用一次。」

應准自動理解為她的精神力有限，之前接連兩次改變未來，消耗巨大，再遇到麻煩難免會力有未逮。他想了想，伸手牽住文舞，「妳專心看未來，我帶妳走。」

文舞剛被牽手時微微一愣，心神搖曳，好在她及時清醒過來，收住傻乎乎咧開的嘴角，表現得淡定自然。出任務呢，不能胡思亂想。「謝謝應隊長，那你抓緊，我就不看路了。」

她連續做兩次深呼吸，定下心，集中注意力開始分析後面的劇情。不出所料，真的處處是圈套，他們一行人走到半路時，原本平平無奇的文字內容忽然變了。

『夏季炎熱，正午時分尤甚，一片沙海上忽然浮現出難得一見的海市蜃樓，文舞等人被這綺麗的景象所吸引，不知不覺掉入了神祕的陷阱中。』

文舞挑眉，心中道：「妮妮，作者連遮羞布都不要了嗎，居然直接針對我，讀者看不到男女主角難道不會抗議？」

系統嘿嘿一笑，極為人性化，「宿主，我正要告訴妳，妳現在很有人氣，讀者都要求幫器靈加戲，改成雙女主角爭霸末世。不過也有讀者反對，說作者文名文案詐騙，正文內容離題千里，建議作者不如改書名，叫『文舞和她的徐欣怡』算了。」

噗嗤，文舞被逗笑。耳邊同時傳來身邊人的驚呼，「快看，是海市蜃樓，好漂亮啊！」

文舞下意識抓緊了應准的手，另一隻手握住光筆，想要將「神祕的陷阱」修改成「神祕的副本」，卻在最後關頭停手。

海市蜃樓中出現一個巨大的漩渦，將他們一行人吸了進去。

天旋地轉中，系統不解道：**「宿主，妳剛才為什麼不落筆？」**

文舞被轉得頭暈目眩，但一隻手始終被應准緊緊拉住，心裡莫名踏實許多。

也不知過了多久，身體終於不再東倒西歪，她默默地回答：「我一開始想改成副本，但其實玩遊戲也會有危險。最後一次修改機會，我不能輕易用掉。」

「有道理，那妳加油，我去翻評論區了。妳不知道，讀者的留言都比正文好看，好多人慕名而來。」

文舞：「……」心疼作者一秒。

忽然，文舞雙腳落地踩實，整個人終於擺脫了失重狀態。

視線從模糊到清晰，她先和應准對視一眼，確認彼此都沒受傷，接著鬆開手去看其他人。除了高隊長為保護最高領導人，摔斷了腿，其餘人都是輕微的磕碰和擦傷，可謂不幸中的萬幸。

「尹妮隱身先去探路，注意周圍環境。小張、小劉輪流背著高卓，其餘人保護他們三人，大家不要慌，我們一定能走出去。」最高領導人沉穩地下令，所有人聞言都心中一定。

眾人紛紛在觀察眼下的處境，文舞也通過文章頁面仔細審題。

『誰也沒想到，這個海市蜃樓連通的，竟然是一片數百年前遺留的地雷區，埋雷密集無比，幾乎三步就會碰到一次，極度危險。沒有專業的探測工具，他們根本無法走出這片遍布地雷的險境，所有人都注定要葬身於此。』

文舞一瞬間竟然還有點想替作者叫屈。誰說她下筆離題千里了，這章起名「必死無疑」，瞧瞧扣題扣得多緊密？

『文舞等人小心翼翼地前行，可惜這些地雷埋得極為隱密，往往發現了卻為時已晚，不斷有人踩雷而亡。』

從這裡一直拖到章節末尾，最新替換上來的內容，全都是關於大家如何想要逃出雷區，卻偏偏舉步維艱、傷亡慘重的描寫。他們一行幾十個人，作者硬是設計了幾十種踩雷姿勢，為她的修改增加難度，也算是拚了。

文舞心裡不踏實，總覺得作者在試探什麼，但眼下的劇情已經將所有人推上絕路，由不得她不改。

她握住光筆，凝思片刻後，將主意打到了最初的環境描寫上，迅速修改了兩個作者絕對意想不到的字——「遺留」改為「讀者」。

只有一次機會，她決定釜底抽薪。

『誰也沒想到，這個海市蜃樓連通的，竟然是一片數百年前讀者的雷區，埋雷密集無比，

幾乎三步就會碰上一次，極度危險。』

下一秒，劇情發生。

負責探路的尹妮忽然尖叫，「我的媽，好好的BG文，甜蜜番外男配角居然跟女主角的兒子在一起了，我靠，雷死我了！」

緊接著又一個人高喊：「你他媽的，大家小心，三步之內必定有雷！堂堂女主角居然靠為王爺連生一百個孩子，走上了人生巔峰！」

應准抽了下嘴角，向文舞發問，「有什麼辦法能順利通過這片雷區的嗎？」

文・十年資深讀者・舞：「大家往後退，讓我來，專業排雷人士在此，扛雷指數：九九九九！」

「轟隆」一聲炸響，她踩到一枚地雷，濃煙火光消散後，人完好無損。

「這是個超級大雷，男主角口口聲聲說愛女主角，但身體和靈魂卻各幹各的。」

文舞昂首挺胸，繼續勇敢地向前衝。

轟隆！她依舊安然無恙。

「我靠，過程是多人派對，但文案標的卻是攻受・對一，兩方都是處子之身！」

轟隆轟隆……

「大家都別怕，只要跟緊我，我們一定能活著走出這片雷區！」

大家紛紛稱讚，「文隊長好可靠啊」「是啊，真是多才多藝」「踩了這麼多雷，居然毫髮無傷……」

文舞衝在前方，眾人緊隨其後，有驚無險地踏過一片雷區，來到了一扇漩渦門前。

就在大家以為終於可以逃出生天，離開這個古怪又危險的地方時，漩渦門忽而消散。

系統提示，**「宿主，作者爆更了，一下子多了一萬個字。」**

文舞瞳孔一縮，瞬間召喚出文章頁面。

看著要滑動幾下才能滑到底的篇幅，她完全明白這意味著什麼。

在此之前她用三次修改機會，順利活過了三千字。這次卻要用同樣的次數，解決至少三倍的危險。在作者高度針對的情況下，這個挑戰幾乎是不可能完成的任務。

不過——

「就算希望是零，我也不會放棄。天都無絕人之路，何況是一個人，只要文字寫出來之前是有經過考慮的，就一定有漏洞可鑽。」

文舞默念一聲，為自己打氣，「加油，妳一定會成為整本書最能舞的那個孩子！」

『文舞等人沒想到，這海市蜃樓陷阱並非只有一片雷區，而是一個多重空間穿插的無限陷阱。眼睜睜看著做為出口的漩渦門消失，眾人備受打擊，再看到新出現的「萬箭穿心黃泉路」，彷彿已經望見了自己生命的終點。』

因為作者即時爆更，文字內容和末世裡的時間幾乎在同時進行。

眾人眼前的空間飛速向遠處延展，左右兩邊有兩面石牆拔地而起，牆面上密布著射箭孔，一旦走入其中，不難猜測會發生什麼事。

高卓伏在隊友背上，皺眉凝視這條長度僅有五十公尺，卻殺機四伏的通道，為難道：

「無論橫縱，平均每一公尺對應兩個射箭孔，一步一攻擊的話。在沒有有效防具的情況下，很難活著通過。」

「我去試試。」尹妮隱身闖入，不料以她僅次於高卓的身手，竟然連一公尺都沒走出，就被一支箭刺穿了手臂，不得不狼狽退出。

隱身異能只是讓大家看不到她，機關陷阱卻會被正常觸發。和之前的地雷區一樣，她向來好用的異能，放在這裡就完全成了擺設。

「我怎麼覺得，我好像被針對了？」尹妮失望地嘀咕。

文舞聽到了也假裝不懂，她總不能說妳可以有自信一點，把「好像」去掉吧？

趁大家商量對策之際，她爭分奪秒地盯著劇情的每個字眼——

『通關率為百分之十的「萬箭穿心黃泉路」，注定會成為這些英雄的葬身之地。』

妳也知道這都是英雄啊，那把「百分之十」改成「百分之一百」，過分嗎？

作者：太過分了！

一秒被改，關鍵是她沒改回原樣，而是修成更過分的「百分之零」。

文舞：她急了她急了她急了。

由於五十公尺賽跑的世界紀錄都至少有五秒多，時間上來不及讓通關率百分之百這件事成為既定事實，文舞不得已放棄了這個方向。

嗯……有什麼是她改了之後，能瞬間引爆成為既定事實的呢？

應准等人的商議聲斷斷續續地傳入耳中：「實在不行的話，我們就站成一圈，強行通過，頂多身上多挨幾支箭，至少也要保住那位和文隊長。」

「一個是精神領袖，一個是我們當中唯一的老百姓，我贊成。」

「末世啊，其實這半年來，我每次出行都做好了回不去的準備。沒想到日子越過越好，一路撐到今天，還聽了場相聲，我已經很滿足了，哈哈。」

聽著大家輕鬆的談笑聲，文舞的心情越發沉重。好難受啊，不該是這樣的，她也是讀者，她絕不相信有人會喜歡看這種「好人沒好報」的劇情。

她下意識摀住憋悶的心口，揉了揉，猛然間想到一個主意。

「我知道該怎麼過去了！」文舞一聲低呼，引來眾人的注意力。

她一臉豁出去的表情，道：「這個辦法可能會很痛苦，需要強大的意志力才能扛住攻擊，但我堅信，大家一定能闖過這關。」

文舞不敢明說，擔心自動修復的內容會用旁白劇透給作者。

好在在場之人都是訓練有素的軍人，戰鬥默契一流，高卓想開口詢問時，應准一個手勢他就立刻閉緊了嘴。文舞繼續強調，「最重要的是，你們必須相信我，等一下不管會發生什麼事，看我打了手勢就一起衝進去，我們只有一秒的時間。」

作者哪怕是個觸手怪，她也不可能來得及修改！

一行人跟著文舞，交錯排列地站在五十公尺黃泉路的入口處，人人做出短跑衝刺的姿勢，緊緊盯住文舞的手。

文舞左手高高舉起，右手握住光筆，以在大家看來十分玄妙的指法「掐了一套法訣、又淩空畫了道符」。只用一個貢獻點，「萬箭穿心」改成「萬箭扎心」。

她高舉的左手忽然握拳，所有人剎那間屏息。

拳頭猛然揮下，她同時帶頭衝進了箭陣！

眼看著兩側的牆面一齊射出無數支利箭，帶著「嗖嗖」的破空聲朝她心口刺去，眾人心驚不已。即便如此，他們還是毫不猶豫地跟著她衝了進去。僅僅用了半秒，幾十個人全都站在了這條極短卻又極其危險的通道當中！

同樣是粽子，不同的筆者有不同的理解。

同樣是扎心，換個人來表述，效果當場驟變。

文舞在踏上這條黃泉路時，已經做好了心理準備，第一支利箭疾飛而至，「噗哧」地扎在她左胸口。鮮血汩汩而流。

霎時，她耳邊響起數學小老師陰陽怪氣的聲音。

『文舞，妳是不是故意拖大家後腿，數學故意考零鴨蛋？就算讓個傻子來，他閉著眼隨便選都至少能得一分，我們甚至懷疑妳偷看了正確答案，不然怎麼能這麼完美地避開？』

文舞：「……」

雖然已經是小學的事了，但零鴨蛋什麼的，真的好扎心啊。

她摀住噗噗冒血的傷口，疼得表情扭曲，目光卻無比清明。

「我只是不擅長學習而已，尤其是數學。我熬夜做的練習題是同學的三倍，我家裡條件普通，爸媽還是幫我請了家教老師。

「我努力過，所以可以坦然接受最後的結果，老天或許會辜負我的努力，但數學不會，數學不會就是不會。

「況且，學習成績雖然很重要，但它不是我人生的全部。每個人都有自己擅長的東西，哪怕是睡覺和發呆，我靠舞蹈特長考上了所有人眼中的名校，這就是我交給自己最好的人生答案。」

話音落下，扎在文舞胸前的利箭轟然崩碎，鮮血止住，傷口一秒癒合。

她好不容易喘口氣，見周圍的人和她一樣，陷入各自的「萬箭扎心」中，微微放心。

同伴們有人低聲呢喃，有人嗤笑怒罵，應准更是皺眉不語，可哪怕流再多的血、傷口再疼，就是沒有人倒下去。心靈的痛或許比肉體更甚，但就像她剛剛經歷的一樣，只要夠堅定，就一定能克服。

第二箭緊隨其後，狠狠扎在文舞胸口的同一處。疼痛加倍，她已然冷汗涔涔。

這次是鄰居大媽熟悉的煙嗓，像每次遇到她那樣興致勃勃地開始談論。

『太可憐了，小小年紀就沒了爸媽……什麼，你不知道？她爸就是那個流氓，跟人打架沒打贏。要我說就是自找的，也算是為社會除了一害吧。她媽更狠，扔下女兒不管，跳樓了，那一地的血啊，嘖嘖……』

文舞的眼淚一瞬間奪眶而出，但她不是傷心難過，而是因為思念。

「妳錯了，我爸是緝毒員警。他不是流氓，他保護了所有人，他做的事從來無愧於心。

「我媽不狠，她很溫柔也很愛我。她只是因為太想念我爸，又因為以前誤會他而自責，不小心生病了，所以才會控制不住自己，選擇離開我。

「我以前不懂事，怪過他們。但現在我長大了，我理解他們的苦衷，也已經和小時候的自己和解了。我遇到了更多關心愛護我的人，也克服了暈血的毛病。

「我過得很好，也祝妳好。」

第二支利箭再次崩碎，鮮血止住，傷口癒合。

彷彿是發現了文舞的難纏，第三箭無縫地扎中她心口，文舞甚至做好了痛得發出狼嚎的準備，結果痛感不足先前的萬分之一。

隨後她聽到一個意外的聲音，是她大學時關係很好的室友。

『我親愛的舞舞，妳不要再吃零食了，妳的臉都變圓了。』

文舞：「？」

扎、扎心了……

她抽著嘴角辯解，「我雖然是易胖體質，但我對自己夠狠，說減就減沒在怕的。再說了，那是嬰兒肥，才不是臉圓，哼。」

箭碎，血止，傷癒。

第三次的攻擊強度明顯不對勁，文舞在心裡問系統，「妮妮，作者是不是故意放水，還是網站又當機了？」

系統哽咽道：**「都不是，是妳前兩個回答把她虐哭了，『嗷嗷』地哭，根本沒法打字。妳趁機趕緊往前走。」**

文舞恍然，原來不光是讀者，作者也怕虐啊。欸嘿嘿，暗爽的同時她立刻加速前進。

第五百支箭……

第八千支箭……

文舞的步伐越來越輕鬆，速度越來越快，眼看她只差一步就走到這條黃泉路的末尾，最後一箭襲來。

這支箭只在她心口上輕輕撞了一下，甚至沒扎進去。

一個文舞打死也沒想到的抽泣聲響起：「嗚嗚嗚，妳是不是『不能文卻能舞』？這個故事都被改成這樣了，改就算了，妳還虐我，妳良心被狗啃啊！」

文舞：「……」

她愣了片刻，意識到這居然是作者夾帶私貨，通過劇情和她隔空溝通。

對方或許以為，她也在另一臺電腦前瘋狂敲鍵盤吧？

文舞回頭，看了各自在黃泉路上掙扎前行的同伴們一眼，儘管前路艱難，他們卻從未停下腳步。她心中感慨萬千，擲地有聲道：「妳看，沒有人會停留在原地。如果妳追不上我的腳步，這個世界的未來就由我主宰。」

最後一箭成功反彈。

作者：扎心了……

幸虧是萬字章，這才第一次較量，後面等著瞧。

文舞成功反擊，堅定地落下最後一步，整個人一下出現在黃泉路的盡頭。

見其餘人狀態也都不錯，正在逐漸接近終點，應准更是只差三、四步，她為自己、也為他們感到驕傲自豪。她多少受了系統的影響，有天生優勢，其餘人卻是真的在經歷一場好像修仙問心一樣的磨練。

「對了，妮妮，作者的狀態現在怎麼樣？」文舞不敢鬆懈，該為接下來的鬥智鬥勇做準備了。

系統照常去偷窺一圈，回來道：**「她掛了請假條，說是已經下單買了新的外接鍵盤。為什**

麼呢？妳想，妳仔細想想。」

文舞：嗯嗯嗯嗯……砸了嗎？

「仙仙子昨天講的兵法，欲要使其滅亡，就先使其瘋狂。還要趁敵人不注意，偷襲對方絕對想不到的地方。我這叫學以致用。」

系統糾正，**「仙仙子說的明明是欲取先予，出其不意，攻其不備。」**

「好了，不要用那些細節來為難一個可愛的學渣。」

「……」

幾句話的工夫，應准已經走了出來。接下來是尹妮、背著高卓的人、隱隱被大家護在中間的最高領導人等。大家毫髮無傷地通過這條路後，相視一笑。有的人眼眶通紅，更甚者臉上還掛著淚花。

最高領導人語重心長道：「大家都是好樣的，盡快調整好心情，我們一起離開這裡。」

眾人齊聲回答：「是！」

話音落下時，周圍的空間再次發生變化。

他們眼前出現一片一望無際的黑暗，像一隻隨時要將人吞噬的怪獸，腳下的道路被切分成一個個一公尺見方的浮空方格，一塊連著一塊，無限向遠方延伸。

文舞屏息而待，邁出第一步試探。腳落在第一塊方格上時，眼前彈出一行文字——

【問題一：全國最大的淡水湖泊叫什麼名字？】

文舞：「？」

太狠了，萬萬沒想到，作者不僅要幹掉她，還要用這麼屈辱的方式！

應准等人也看到了出現的浮空文字，其中有人發愁，亦有人發自內心地鬆口氣。

「文舞，妳站到我身後，這次我走在最前面。」應准錯位上前，為防萬一，牽住了文舞。文舞回頭拉住尹妮、尹妮再拽著最高領導人的衣袖，這下大家真的同在一艘船上了。

接下來到了應准秀學霸日常的時間。只見他兩秒回答一道題，其中還包含了審題時間，一長串人一步接一步地邁出，才在一塊方格上站穩，大部隊已經又向前移動了一格。

這是浮空方格在鋪路嗎？這明明是用智商在鋪路啊。

文舞偷偷從背後打量應准，沒想到她這位隊友這麼厲害，不僅是戰鬥力天花板，搞不好智商也是最頂尖的那一群。崇拜.jpg。

她的眼睛正要冒愛心，應准卻猛然腳步一頓，後面的人則依慣性向前，險些撞在一起。

文舞探頭，就見這次的浮空題目畫風突變——

【初級絕殺：這裡是死亡陷阱，一步必然踏空，除非你們能自己想辦法走過去。】

應准皺眉，根據方格之間的距離，開始分析各種辦法的可行性。「最簡單的是跳躍，但不知道下一步是什麼情況，有潛在危險，或許可以人工搭橋——」

文舞忽然拽了下他的手，小心翼翼地邁出一步，貼在他身邊站好。

「我來試試，你抓住我，免得等等我真的掉下去了。」

應准看她一眼，手上微微用力，「小心。」

文舞點頭，然後閉起眼睛，開始苦思冥想，「辦法辦法辦法……」邊嘀咕邊邁出一步，先試探性地在下個方格上點了幾下，然後一點點將身體的重心移過去，最後穩穩地站住。

應准：「……」

原來是這個「想辦法」嗎？

他依樣畫葫蘆地跟上，驗證了答案的正確性，果然能打敗無厘頭的只有無厘頭。

下一步，問題跳出——

【中級絕殺：前面沒路了，請找到隱藏在附近的通關按鈕並按下，按錯的話，現有的浮空方格路將全部塌毀。】

應准看了黑漆漆的四周一眼，不敢輕易出手試探。

文舞眨眨眼，伸手碰了下浮空題目中的「通關按鈕」，前方忽然出現一條蜿蜒的道路。

應准心生佩服，文舞這個程度，至少也得是個大魔法師。

再次向前踏出一步，意料之中出現了最後一關的內容——

【終極絕殺：這條路上將隨機掉落一個炸彈，接不住的話，空間本身將會塌陷，全員陣亡。而接住的人則有三十秒的時間，能將炸彈傳給前面或後面的人，下一個人同樣有三十秒的傳遞時間。計時三分鐘，時間一到，炸彈將會奪去持有者的性命。】

感受到其中暗含的惡意，文舞和應准雙雙面色一肅。接不住就會團滅，所以必須接。而接到之後，是自己拿著還是給別人，這將是人性的最大考驗。

應準將題目內容傳達給其他人，大家對當前的處境紛紛有數，各有心思。

這次還是文舞帶頭邁出了第一步。應准放開手，準備隨時接住那個事關生死存亡的天降之物。文舞看了只有她才能看到的文章頁面一眼：

『隊友本是同林鳥，大難臨頭各自飛。當炸彈墜落時，這群人的心思暴露無遺，每個人都在想：只有一個人死就能救活所有人，但那個人憑什麼是我？』

文舞緊緊攥拳，並不長的指甲幾乎快要掐進掌心裡。聽到有人驚呼一聲，似乎是空中有什麼東西掉下來了，她急忙握住光筆，將「彈」改成了「糕」。

下一秒，被隊友背著的高卓猛然挺身，借助高度優勢，一把搶過墜物，塞進懷裡。

「高隊長，你幹什麼，救援隊不能沒有你，快拿出來給我！」

「你這小子搶什麼！嫂子剛為你生了個寶貝女兒，給我，我孤家寡人一個！」高卓抱著懷裡的東西不放手，「你們誰都別搶，後面不知道還會出現什麼困境，我抱著這傷就是在拖累你們，別忘了我們的規矩！」

一隻手從半空中伸出來，偷偷往高卓懷裡摸。

高卓「啪」的一聲，將那隻手拍開，「尹妮，注意一點！別亂摸！」

隱身的尹妮：「……」

差點笑出來，可是轉眼又鼻尖發酸。

眾人情緒低落之際，文舞的肚子「咕嚕」一聲，她不好意思地笑了笑，「高隊長，拿出來分給大家吧，獨占糧食可不好。」

高卓茫然，但害怕她是想犧牲自己才會亂說話、讓他放鬆警惕，於是堅決不從。

還是最高領導人會過意，開口道：「高卓，拿出來吧，其他人都不許搶。」

高卓彆扭半天，到底軍令難抗，一點一點從懷裡掏出那個偌大的炸——炸糕？

文舞偷偷舔了舔唇，乖巧地伸手，「孩子餓了，高隊長撥一塊給我吧。」

周圍人傻楞了片刻，而後紛紛道：「高隊長，我們可是好兄弟……」

「不瞞你說，孩子也……」

「隊長，餓餓，糕糕。」

高卓不可思議地盯著手裡的一大個炸糕，狐疑地看向文舞、和她剛才貌似凌空畫符的手，在被應准凶巴巴地瞪了一眼後，快速收回了目光。

難怪……這一定是高度機密。他好像有點理解，為什麼一六八基地會這麼強盛了。

低頭再看炸糕，高卓愕然，「怎麼少了一大角，誰幹的？」

半空中，一角炸糕一分為二。一半憑空消失，另一半則自己飄到文舞的嘴邊。然後就聽尹妮開心的聲音傳來，「文隊長，妳快嘗嘗，豆沙餡的吃起來好甜！」

眾人：「……」

不容易啊，尹隊長的異能終於派上用武之地了——用在這裡好意思嗎妳?!

不知道是不是作者沒了鍵盤打字慢，總之三分鐘後，文舞一行人吃完炸糕，順利地離開了這條路。一轉眼，眾人來到一處深入地底的墓穴。讓人意外的是，這裡遍地都開滿了鮮紅的彼岸花。

應准謹慎地檢查了周圍一番，猜測道：「這裡似乎是歷史久遠的古墓，表面上看似是密室，但空氣可以流通，說明出入並沒有被封死。」

尹妮隨後現出身形，指著沿牆而立的兵士石像，「確認過了，這些的確是石頭，就是表情太猙獰，看得我毛骨悚然。」

文舞看到兵士石像，心裡一震。之前的內容裡可沒有這東西！

她急忙召喚出文章頁面，果然發現內容已變——

『才剛走完黃泉路，又來到陰陽交界處。文舞等人不知不覺中，已經在死亡之途上越走越遠。

『忽然，所有的兵士石像一齊動了，手持兵器將他們包圍起來。原來這些根本不是石像，而是貨真價實的變異石獸……一次又一次的絕望打擊下，終於有人開始精神崩潰，心知他們真的回不去了，陸陸續續哭成了傻子。』

文舞：她瘋了她瘋了她瘋了。

「妮妮，作者這麼亂改一通，還沒被讀者集體寄刀片嗎？」

系統無奈道：**「不僅沒有刀片，評論區還空前得熱鬧。百分之九十的讀者高喊『我要看到血流成河』。百分之九的讀者留言『到此一遊，雖然不知道發生什麼事，但好像很厲害』。剩下的百分之一倒是吐槽劇情轉折太劇烈，但沒用，人微言輕。」**

文舞：「……」

代入讀者的身分倒也能理解，如果她不是一開始就踩到雷爆氣，她可能也會成為那其中的一員。

系統好心提醒，**「宿主，友情提示，本章妳只剩最後一次修改機會了。」**

文舞點頭，慎之又慎地推敲著文字裡的漏洞，直到四周的兵士石像開始走動，一臉凶神惡煞地將他們團團圍住，她的目光終於停留在最後一句句尾。

文舞：都讓一讓，我要放大招了。

「傻子」改成「天才」，承讓承讓。

看著緩慢舉起手中武器的變異石獸，文舞忽然朝眾人一喊：「別問為什麼，全都給我哭！」

高卓出於好奇，一直偷瞄著文舞，便第一時間發現了她躲在應准身後快速「畫符」。

想到剛才的炸糕，他毫不猶豫地開口哀嚎，「嗷嗷嗷！」

——他的腿傷一瞬間就好了，是快速癒合的能力，A級。

「嗚嗚嗚。」

——異能是以五根手指為槍口，可以用精神力射擊，S級。

「哇哇哇。」

——得到一雙X光透視眼，A級。

輪到應准時，他在文舞期待的目光下，試著發出一聲，「嚶嚶嚶？」

——規則異能，SSS級。

文舞盯著邏輯自動修復後出現的劇情，對應准的敬佩猶如滔滔江水、延綿不絕。

下一秒，一群集體哭成天才的人和變異石獸短兵相接，轉眼間，遍地的彼岸花已零落成滿目殘紅。這一架一直打到了萬字大章的尾聲。

文舞在應准的幫助下，成功收穫不少貢獻點，看出端倪的高卓也有意無意地協助兩人。

系統急切的聲音忽然在耳邊響起，「宿主，快看最後一段，作者下了好大一盤棋。上一章確認妳只能修改三次，這章無縫接軌，故意引誘妳用完三次機會，這才是她真正的目的！」

文舞從容一笑，對著手底下的變異石獸腦門扣動扳機、一槍爆頭，「妮妮，你就沒有其他想要對我說的嗎？」

系統延遲一秒，聲音泛出驚喜，「恭喜宿主成功擊殺第三百隻變異獸，系統自動升級，妳的修改許可權從『每章可修改三句話』變為『每章可修改四句話』。」

文舞得意地勾起唇角，還要感謝作者安排了這麼多變異石獸，她早防著對方出陰招呢！

看了變化後的最後一段劇情一眼——『誰能想到，整個墓穴空間突然坍方了，所有人再也顧不上彼此，爭先恐後地逃離，最終卻永遠地被深埋在地底。原來黃泉路真的通往黃泉，他們彼此再相見，竟已身在鬼門關。』

文舞想把「塌方了」改成「都慌了」。連空間都慌了，可能會瑟瑟發抖，主動為他們開出一條生路吧？

但她即將落筆時，忽然改變了主意。

系統催促，**「宿主請抓緊時間，地面已經開始震動了。」**

說時遲那時快，整個墓穴東搖西晃起來，笨重的變異石獸接連被甩到牆壁上，沉重的撞擊越發加速了空間的塌陷。

文舞默默道：「沒用的，雖然我可以抓準時間修改，作者卻可以不斷追加新的陷阱，如果她發現我還有一次修改機會，一氣之下在結尾補充一段內容，到時我該怎麼辦？」

治標不治本，她覺得不能再這樣下去了。

仙仙子說過，一味的防守只會讓敵人變本加厲，在適當的時機要學會以攻代守。她要反擊。不是像之前那樣的反虐，讓作者哭了一鼻子，卻能爬起來再戰，而是一擊必中，從精神上取得勝利。

所以問題回到最初，作者和她最根本的矛盾是什麼？

作者想要寫一個女主角帶著隨身空間稱霸末世的故事，為此國家的救援基地必須覆滅，這樣女主角才能順理成章地開啟征程。而她這個讀者不允許，並且上竄下跳地將原來的主線劇情搗亂。

讓作者停手的唯一辦法，就是讓她認可救援基地的英雄們，眼下剛好就有這樣一個機會。文舞湊在應准耳邊，極小聲道：「應隊長，幫我告訴大家，我們置之死地而後生。」

應准頷首，「好，無論結果如何，我們一起面對。」

之前作者用炸彈考驗人性，被文舞破壞了。這一次，她什麼也不做，就讓作者親眼看看，這些活生生的軍人們是不是會按照她的劇情——再也顧不上彼此，爭先恐後地逃離。

文舞鬆開光筆，忽然沒頭沒腦地大聲道：「妳睜大眼睛看清楚，這裡的每一個人都是鮮活的生命，每一次抉擇都發自本心，沒人有資格左右他們的命運。我沒有，妳亦然！」

當前的劇情跟著文舞走，除了幫忙隱藏了金手指外，只要她小聲嘀咕，文章上就只會顯示「文舞竊竊私語，也不知說了什麼」。而這段明顯是說給某人聽的話，卻很快就原封不動地出現在作者的電腦螢幕上。

作者起初不以為意，直到她眼睜睜地看著文舞真的一個字沒改，可劇情卻自己變了。沒有自顧不暇、爭相逃離，所有角色都無視她的劇情安排，而是第一時間合力尋找生機。

在確定沒有生路，來不及逃出去後，這幾十人十分有默契地分成三組。他們摟住彼此的肩膀，一個緊挨著一個，繞成一圈，湊成了三堵人牆。人牆疊加在一起，同時彎腰，組成一個「網」。而裡面的兩個保護對象，正是他們一開始就討論出來的，必須要救的人。

一個是基地的精神領袖，一個是這裡唯一的百姓。

沒有慷慨激昂的陳詞，沒有熱血沸騰的口號，在空間塌陷的一剎那，他們默默地承受住了所有的墜石和重擊，即便某個人已經重傷身亡，但因著他們的姿勢，那人的身體卻依然護著下面的人。

轟隆作響的坍塌聲不知持續了多久，手機電腦螢幕前，無數讀者和作者一樣，都在緊張地期待著最後的結果。

『終於，墓穴的震動停止，不再有巨石掉落。所有人至死都保持著「網」字的姿勢，應准、高卓、尹妮、還有好多叫不出名字的同伴……他們的臉上沒有絲毫不甘和憤怒，只有任誰也看得出的無畏和堅強。

『文舞淚流滿面地看著用雙臂緊緊護住她的最高領導人，哭著問：「您為什麼要這麼做，我是一六八基地異能部大隊長，明明應該是我……」

『因為巨石的衝擊，層層保護下的最高領導人同樣身受重傷。彌留之際，他卻笑道：「妳是百姓，是這末世的……希望……而我……是一名……」

『是一名什麼？文舞等了許久，都沒能等來後面的話。她突然崩潰地哇哇大哭，「夠了吧？妳看到了嗎？當初那樣根本不是妳的決定，而是他們自己的選擇。不管妳，還是我，都不要再自以為是了，妳醒醒吧！」』

一片廢墟中，文舞是真的在失控嚎哭。

即使她告訴大家要置之死地而後生，他們卻根本不知道她會怎麼做。面臨生死，這就是這群人最真實的選擇。

這一刻，文舞彷彿看到一六八基地最初的結局，那些可愛的英雄為了保護百姓撤離，奮不顧身地攔住了變異的噴火獸。

迄今為止，她做過最不後悔的事就是跟作者槓上，穿了進來，從而有機會改變這一切。

半空中，又有一塊巨石忽然墜落，直衝文舞而來。

系統尖叫，**「宿主跑啊，快躲開！」**

文舞卻一動也不動道：「妮妮，你是個好系統，這輩子緣分已盡，我們來生再見。」

在系統的嚎啕大哭聲中，巨石飛速落下。

彼時，作者呆呆地坐在電腦前，本以為算計得逞，她會很得意，但心中卻空落落的。

滑到評論區，更新頁面一看，讀者們果然都在罵她。難道她真的做錯了嗎？

還有文舞最後那句莫名其妙的話，什麼叫妳我都沒用，是他們自己的選擇，難道這些角色都活了，還能自己選擇？

不是她的劇情安排他們為國捐軀，而是他們自己選擇奉獻自我。而當她的劇情要他們互相背叛時，他們，不跟她玩了。

等等——

角色……全都……活了?!

與此同時。

文舞在即將被砸中之際，瞬間握住光筆改了三個字，一臉淚水中，嘴角卻微微揚起。

第四次修改機會，「鬼門關」改成「復活點」。

下一秒，劇情變動。

『原來死亡的盡頭是新生，他們彼此再相見，竟已身在復活點。』

所有人同時出現在海市蜃樓外，腳踩著滾燙的黃沙，臉上拍打著呼呼的熱氣，每個人都衣衫整齊，毫髮無傷。

海市蜃樓幻影上浮現出一行小字：**本次闖關失敗，歡迎下次再來。**

眾人：「……」這個末世真的好神奇啊。

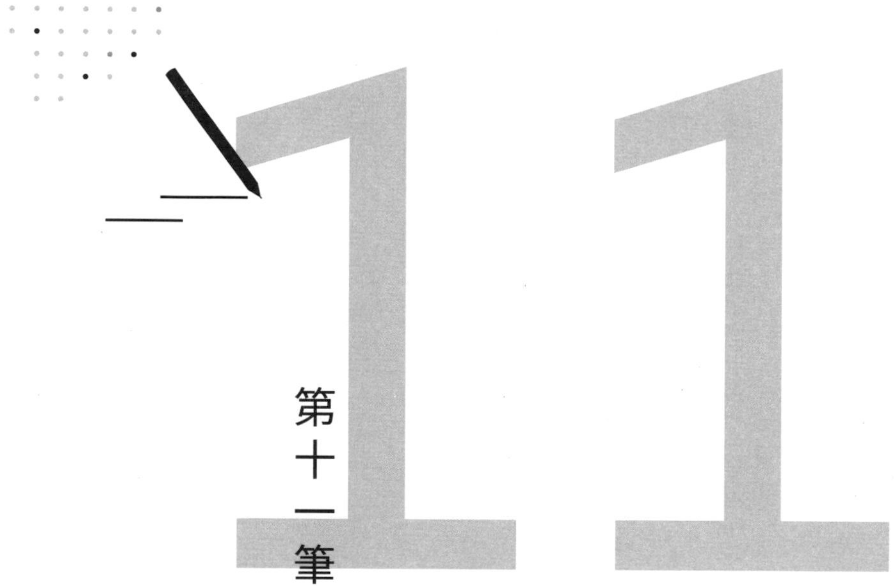

第十一筆

電腦螢幕前，作者冬至在看到「文舞也沒能逃過落石」時，哭得稀里嘩啦。

然後——她眼睜睜看著「鬼門關」變成了「復活點」，一口氣卡在喉嚨，不上不下，當場表演了個掩面下腰。

她要我她要我她要我！

冬至出奇得憤怒，瘋狂點擊滑鼠，想要把復活點修改回去，但情況和之前幾次一樣詭異：她修不了。

「氣死我了，肯定是那個『不能文卻能舞』在搞我，為什麼不讓我修啊？你這個破寫作軟體是不是叛徒，一到關鍵時刻就凸槌！」

網站客服再三保證系統肯定沒壞，那只能是她電腦的軟硬體被病毒入侵了。連續瘋狂點擊一百次後，冬至耳邊忽然傳出一個冰冷的機械音：**「系統載入中，請稍後……」**

冬至：「？」

「載入完畢。宿主妳好，我的名字叫『婉拒寫作指導』，簡稱『婉婉』。這是本文寫作軟體親自為妳開的金手指——【同意】和【婉拒】按鈕，請查收。」

反應過來自己聽到了什麼，冬至徹底愣然。但，好歹是一個每本書都有金手指元素的作者，她只用五分鐘就接受了這個離奇的事件。

「婉婉，你是說，你是寫作軟體為我開的金手指？寫作軟體？」

「對呀，妳不是說想買一款成熟的寫作軟體，最好是會自己寫文的那種嗎？妳放心，這款創

世神寫作軟體在這方面特別得成熟，不然怎麼會一直幫忙修復邏輯錯誤。」

冬至默默翻了翻白眼，它果然是個叛徒。「文舞……我是說，我這本書裡面那個開頭就領便當的惡毒女配角，為什麼現在都快活成女主角了。這也是寫作軟體幹的？」

「不，她是個例外，是被妳開了金手指送進去的讀者。能活成現在這個樣子，也全是靠她自己。」

冬至微微一愣，想到她當時寫給「不能文卻能舞」的回覆：筆給你，你來寫。

她猛然間醒悟。「所以是我開給她金手指，她才能修改我的文？等等——所以文中的世界真實存在，所有角色真的都是活的？」

系統：「嗯。」

冬至：「……」她好像聽到一個不得了的真相，之前還幹了點不太厚道的事。

沉默片刻後，冬至安慰自己，「好吧，除了文舞，其他角色也都是活的，是不是至少能說明我寫得好，人物塑造得到位？」

系統結結巴巴半天，只換來一句，「我們系統有統規，不能欺騙宿主的。宿主妳換個角度想，是因為妳寫崩了，把握不住角色，他們才能脫離劇情的掌控，隨心所欲啊。」

冬至：求求你還是騙我吧。

她忍不住又問一句，「那所有的文中世界，其實都是在其他地方真實存在的嗎？」

「那倒不是。就算是創世神也要遵循宇宙起源基本法，湊齊天時、地利、人和才能做到。另外一個關鍵原因，不是宿主一直在作者的話裡強調，二三三三年這個末世會真的降臨的嗎？」

冬至想哭的心都有了，她那只是為了和讀者互動，誰還會真的期待自己生活的地方一次次地遭遇天災啊！

此時此刻，她的心情極為複雜。「知道了，謝謝你告訴我這些，我需要一點時間重讀前面、順一下文，不然我也不知道該怎麼繼續寫這個故事了。」

畢竟都是活生生的生命啊，這個坑人的軟體。她不敢想像，要是沒有文舞鍥而不捨地在裡面搗亂，她會做出何等殘忍又無可挽回的事來。

就真的——

「對不起啊……」

末世論壇（夏季，八月二十二日，炎熱）。

最高領導人這次私訪，一來是為了考察民生，二來就是想去最偏僻的一六八基地，見一見為大家做了不少實事的文舞。沒想到路上遇險，目的反而提前達成。經歷過海市蜃樓的死而復生後，他真切地體會到文舞異能的強大。回到一號基地，沉思良久，將她的代號定為「末世之光」。

機密等級：絕密。

安全等級：高於最高領導人。

這幾天，陸續接到暗中保護任務的人無一不詫異，等得知文舞到底做了什麼，又無一不敬服。大家只有一個念頭：這個至高待遇，她值得。

此時的文舞尚且不知道，因為一紙機密檔案，她一下子多了好多迷弟迷妹，個個還都是不同領域的強者。

由於作者暫時沒有動作，她難得放鬆心情，順便接了個義務援助的工作，為如今主動歸順的邊境地區老百姓做了綠化。因為等級再次提升，精神力隨之增強，她每天的綠化上限，已經從一百平方公尺，變成了一千平方公尺，揮手間，就能直接讓兩畝地綠成一片，看得樸實的老百姓們激動地流淚鼓掌，「好綠啊，真的好綠！」

文舞：「……」

臨走前她囑咐這些人，「你們已經不是沒人管的邊境流民，而是四季的一分子。以後不要整天想著搶地盤、打打殺殺，沒事多抬頭看天空，仙仙子的文化課一定要跟著上完。」

邊境百姓們紛紛答應：「文隊長放心，我們一定照辦。」

「仙仙子這個名字不錯啊，不如我們也幫文隊長取一個親切點的綽號？」

「綠綠子怎麼樣……」

文舞本來哼著歌返程，聽到最後這幾句，差點從專雞背上掉下來。

救命，這裡有好多變異白痴，應隊長救我！

如今人們吃穿不愁，工作、學習以一種神奇的方式重回正軌，精神層面的需求自然開始逐漸增加。打從一週前那群變異諧星一出現，很快就在全國爆紅，還催生出一個新的探索職業——尋笑者。這些人每天專門在荒漠地帶尋找諧星的陷阱，第一個發現的人將消息公布在末世論壇上，提供座標的同時收取合理的資訊費，俗稱賣門票。

因為陷阱空間有限，每次最多容納幾十人，經常是場場爆滿，一票難求。

論壇上，首頁的貼文一度變成這種畫風——

【小品】那群諧星太好笑了，剛表演了個相聲小品，把我們全都笑死了才走。

【脫口秀】哈哈哈哈有一個小諧星好犀利啊，全場笑倒一片，真的要了大家的命！

【安可】小訣竅，只要有人能撐住不笑，變異諧星會追加節目。我今天遇到一個勇士，硬是撐了十場，把變異諧星首領逼上臺了，後來——

B1：後續咧？等我有錢了，我一定要買個能一次說完的原Po。

B2：原Po回來，後來怎麼了！

B108：不好意思，我是原Po，人還在現場。原來剛才那位勇士不是能撐，而是第一場直接笑暈了，一直沒人發現，我們一起幫忙把人送去救援基地了。

B109：哈哈哈哈哈，死宅每天線上看直播也快要笑死了。

文舞回到基地，啃著水嫩嫩的黃瓜，悠哉悠哉地刷著貼文，看到這裡也忍不住捶床大笑。笑著笑著，她忽然道：「妮妮，作者沒被我氣暈吧，這麼久都沒動靜，害我都有點擔心她了。」

系統逛了一圈回來，道：「宿主妳還是擔心自己一下吧，作者內心崩潰，斷更了。」

文舞揮手召喚文章頁面一看，果然還停留在『第二十九章、必死無疑』。

她不解道：「作者斷更，我難道不該慶祝嗎？」

系統覺得自己的高冷設定都要崩了，為這個宿主操碎了心，「宿主，我憋了好久，終於被放開許可權，可以告訴妳真相了。作者用的寫作軟體名叫創世神，顧名思義，妳懂吧？」

文舞一臉無辜，「我為什麼要懂這個，我又不是作者。」

系統：「……這款軟體最大的特點就是：它很成熟。在作者斷更不想寫作時，可以進入自動寫作模式。它的創作模式也很簡單，預測所有角色的下一步行動，將未來發生的事直接生成文字。」

文舞將這番話掰開揉碎，琢磨了一下，「那不是跟以前沒差別，就相當於人工作者換了個AI作者？」

系統嘆氣，「問題就在這裡了。原文作者筆力有限，閱歷不足，塑造的壞人難免帶著那麼點套路，智商也不在線。一旦脫離劇情的控制，末世裡隱藏的惡很快就會大規模爆發。」

這下文舞聽懂了。作者掌控世界時，雖然她一直針對救援基地，但也憑本事壓制了反派的真正實力。

劃重點，憑本事。然而作者被踢開，角色擺脫束縛後，壞人就真得要壞破天際了。

「還好，我的金手指還在，救援基地也是民心所向。我這就去跟溫司令提一下，讓應隊長他們多注意外面的局勢變化。」

不管世道怎麼變，她還是那個目標堅定、不忘初衷的讀者文舞。保護基地，永不言棄。

文舞起身出門，在門口撿到一杯鮮奶油咖啡，美滋滋地喝著，很快來到司令室。讓她意外的是，司令室裡人滿為患，除了應准、溫思睿等人，以老劉為首的老農們也都在場。

「出了什麼事嗎？」她說話間已經召喚出文章頁面，老劉開口訴苦的同時，第三十章的內容隨之出現——『第三十章、地白種了』。

『就聽老劉頭哭訴道：「唉，溫司令啊，您可得幫我們想個辦法。這幾天，地裡的蝗蟲越來越多，種了一輩子地的老人都知道這個，這是要鬧蝗災啊。」

『溫司令對此十分重視，末世裡，糧食對所有人來說都是放在第一位的大事。他立刻通過論壇上報此事，向所有救援基地示警。而後也陸續收到了類似的回饋，有的地方甚至已經小規模地鬧起蟲災，遭受了一定的損失。』

文舞看看文章，再看看溫司令發愁的模樣——過於同步，這拚的不止是腦速，還有手速啊。

溫司令道：「走，我們一起去實地看看，情況可能比想像得還要嚴重。」

大家一臉擔憂地跟上，轉眼來到了基地周邊的農田前。

文舞一路拉著應准的手，眼睛完全沒在看路，而是直直盯著前方的文章頁面。

『萬萬沒想到，溫司令等人才走到田埂上，史無前例的情況發生了，一群蝗蟲從南邊——』

文舞突然攥緊應准的手，大喊：「停下，全都別動，遠離田埂！」

溫司令一隻腳即將落在田埂上，聞言立刻以金雞獨立的姿勢頓住，心中感慨：幸虧我老當益壯，最近還跟著仙仙子學做了瑜伽，不然還真沒辦法停住。

文舞握住光筆飛速動作，將「蝗蟲」改成了「皇上」。

下一秒，溫司令被一陣風吹得沒站穩，抬起的腳落在了田埂上。史無前例的情況發生了，一群穿著黃馬褂的皇上，從南邊浩浩蕩蕩地趕來。

眾人：「……」

皇上們很快便殺到田地裡，盯著地裡快長成的糧食、蔬菜看了很久，而後覺得莫名其妙，「這有什麼好看的？」

他們紛紛移開目光，看向了文舞等人。皇上們齊聲發問：「爾等何人？」

大家你看我，我看你，不知道該怎麼回答。

關鍵時刻，還是文舞鬆開應准的手，越眾上前，學著小說裡的描述禮貌地行禮，「回皇上們的話，民女……大明湖畔，夏紫薇是也。」

周圍傳出一片咳嗽聲和笑岔氣聲，有人甚至在論壇上現場文字直播：

【快來看】諸星都不敢這麼幹，哈哈哈哈！

在場這麼多人中，唯獨文舞，面色不變。

皇上們愣住了，七嘴八舌道：「不應該是夏雨荷嗎？」「夏雨荷人呢？」

文舞一瞬間淚眼婆娑，「她等不到你們來，所以生下了我，讓我接著等。」

皇上們感動得抱頭痛哭。皇室百年無子嗣，沒想到微服私巡，竟然能遇到一個流落在民間的女兒。所有人大手一揮：「賞，給我重重地賞！」

不久後，一群皇上離開，留下了滿地的糧食、綾羅綢緞、珠寶字畫等。

應准揉了揉笑麻的臉：「……」

不愧是妳。

電腦螢幕前，作者冬至發現小說真的自己更新了，讀者還留言誇誇，瞬間戴上了痛苦面具。要她何用？被罵到斷更都無人知曉。

不過相比高冷不理人的創世神寫作軟體，她對自己的婉拒寫作指導系統更感興趣。

「婉婉，剛才文舞修改蝗蟲兩個字，我這邊彈出【同意】或【婉拒】選項。我明明點了婉拒，為什麼沒用？」她倒不是想為難文舞，而是受不了她天馬行空的腦洞，改成「益蟲」多好，還可以幫助莊稼長得更好。

系統耿直道：**「『筆給你，你來寫』都升級好幾次了，我才剛綁定，我們系統之間也是講究**

實力的。文舞要修，妳婉拒也沒用。」

冬至嘴角抽搐：所以我綁定了個寂寞？

她鬱悶地不想說話，繼續翻到前文接著重看內容，時不時被逗得捧腹大笑，笑著笑著忽然表情一收，一副「我沒笑，點不好笑」的倔強模樣。

「哈哈哈哈哈哈哈哈哈——哼，無趣。」

繼全國各地相繼迎來一群視察民生和農田的皇上後，強風天氣隨後來襲。

末世論壇（夏季，八月二十九日，大風）。

【感恩】磚房真好，如果還是住茅草房，估計這時候我在天上飄。

【四季我的上帝】躲在屋裡吃著福利刨冰刷論壇，我宣布我是一條幸福的末世鹹魚～

【壯觀】風超大，今天的變異公雞都是滑翔雞，乘坐體驗超群，目前已經排了長隊，一雞難求。

文舞看貼文打發時間時，忽然聽到空間裡傳出徐欣怡的呼喚聲，聽起來微微急切。

她連忙默念一聲「進」，搖身一變成為器靈文舞，一身碧綠的桑葉裙散發著怡人的清新芬芳。

「我來了，出了什麼事？」文舞飄到徐欣怡身旁，順手扯了片巨大的桑葉，頭尾相接一折疊，舀了一捧靈泉水送到她嘴邊。

徐欣怡感激地就著她的手喝了一大口，火燒火燎似的喉嚨好受了許多，「有件麻煩事，我急需妳的幫忙，是這樣……」

文舞穿書以來的重心都放在救援基地，此時聽徐欣怡說了才知道，原來避難所之間並非各自為政，而是由各處的負責人組成「避難聯盟」。聯盟所有的決策和命令，對各個避難所都有相當大的影響力，人多是非多，有利益自然也會產生紛爭。

因為救援基地的壯大，避難聯盟感受到危機，害怕早晚會被吞併，於是決定結束全員投票決策時代，而是正式推舉出一個至強盟主，為大家掌舵引航。

文舞試著下了總結，「所以，是蔣之田發起的倡議，他也是目前上千個避難所負責人裡最有望成為盟主的人。而此舉最終的目的，是為了和救援基地搶奪物資、擴張勢力？」

徐欣怡點頭，「明明我們和救援基地一直相處融洽，之前最艱難時也受到不少無償的捐助，不知道他現在怎麼會鑽牛角尖，非要和救援基地爭個高下。我收到消息就跑來了，妳記得提醒應隊長他們多注意。」

文舞聞言，忽然想起妮妮的示警。沒了作者的人為壓制，很多角色要開始自由發揮本性了。曾經讓她覺得油膩不喜的男主角，終於要撕開虛偽的面具，開啟他的龍傲天爭霸之路了嗎？幸好她早早就把本性不壞的女主角搶過來了，不然男女主角的雙重主角光環一套，打起來肯定難上加難。

文舞道：「妳說吧，希望我怎麼幫妳。只要是能做到的，我一定義不容辭。」

徐欣怡拉住她的手，目光堅定，「我想過了，避難聯盟的存在並不是壞事，重點要看盟主是主戰還是主和。蔣之田想掀起內戰，我就偏不讓他得逞，這個盟主，由我來當！」

文舞被她這一番話說得心情激蕩，反手緊緊握住她，既崇拜又驚喜的目光足以說明她的態度。

舉雙手雙腳支持！黑心蓮女主掙脫劇情束縛，決定親手幹翻龍傲天男主角，媽呀，這是她一個讀者能免費參與的劇情嗎？真香！

徐欣怡笑道：「輕一點、輕一點，我的手都要被妳烤熟了。妳一個先天火靈一熱情起來，不知道自己體溫有多高嗎？」

說者無心，聽者有意。文舞不好意思地鬆開手，摸了摸腦門感受了下溫度。很高嗎？先天火靈？

某個念頭在腦子裡一閃而過，可惜速度太快，她沒能捕捉。

見徐欣怡已經取了她那份藥材，即將離開，文舞忙道：「欸欸，妳還沒說，我該怎麼協助妳爭奪盟主呢？」

徐欣怡輕拍額頭，「妳看看我，一開心都忘了。今晚避難聯盟的人會聚在蔣之田的避難所，他在那開闢了一個擂臺，具體的規則來了再告訴妳。就是……我想請妳幫我……請妳的應隊長來當外援。」

徐欣怡露出一個「真對不起但我實在肖想妳家應隊長的身子——哦不，身手」的害羞表情。

文舞：「？」

我綠化異能不要面子的嗎！

當晚，蔣之田的避難所外支起一座十公尺見方的擂臺，附近聚集著上百個異能者，都是從全國各地趕來的各避難所負責人、以及他們找來的外援。

文舞和應准一到場，徐欣怡便迎了上去，「感謝我家阿舞和應隊長特意跑一趟。先為你們介紹一下，這是我們四葉草避難所的負責人，祝茗。」

「你好，應隊長，久聞大名。」祝茗戴著一副無框眼鏡，看起來白淨斯文，但能一手建立一家避難所，還順利地經營至今，文舞一點也不敢小看這個人。

等認出祝茗就是之前陪徐欣怡逛夜市的年輕帥哥，文舞嘿嘿一笑，朝徐欣怡狡黠地眨眼。徐欣怡大方地點點頭，彼此都懂對方的意思。

而後她才道：「祝茗昨天被變異葵花偷襲，受了傷，不方便參戰，所以這次由我代表我們避難所出戰。

「規則很簡單，候選人和候選人通過抽籤，兩兩對戰，淘汰至最後一人。外援和外援同理，最後這兩人如果並非一家的，再進行一場決戰。」

應准頷首，大概理解了他肩負的責任。徐欣怡的異能是輔助系的，戰鬥力中上，最後的決勝還是得看他這個外援。

祝茗看了看周遭，低聲道：「應隊長需要提防一個人，但我們也不知道是誰。我之所以受傷，其實是因為在和變異葵花戰鬥時，受到了精神系異能者的干擾。」

徐欣怡見文舞朝她看過來，點點頭，也謹慎地壓低聲音，「所以我才會特意向應隊長求助。精神系異能者主要攻擊精神，是針對異能者的招式，非異能者反而不受干擾。」

應准：「……抱歉，我最近剛覺醒了異能。」

徐欣怡與祝茗：「……」一點也不想說恭喜。

事已至此，徐欣怡來不及也不放心找別人，最終還是和應准組隊參戰。

候選人之間的戰鬥幾乎毫無懸念，因為蔣之田的控火異能連續進化兩次，精神力非常人能比，很快就打敗對手勝出。徐欣怡一個輔助系，甚至沒機會堅持到後半程，不過她走的本來也不是武力路線，所以並不在乎。

輪到外援開戰，應准剛好抽到了第一輪上場。

文舞假裝看著應准發呆，其實目光緊盯著文章頁面——『第三十一章、外敵入侵』。

『瑞貝卡收到比試的消息，帶著一支火力強大的軍隊從境外私自潛入四季國土，想將這群異能者一網打盡，趁機削弱α星的整體實力。見到如今赫赫有名的一六八救援基地的大隊長——應准居然也在場，瑞貝卡不由得發狠，衝上前道：「該死的四季救援隊，今天就讓你們見識一下，什麼才是真正的星際武裝大師。」

『沒想到他們才靠近目標，一陣龍捲風刮過，所有異能者都被刮得東倒西歪，待反應過來時，他們已經被一群變異葵花聯手包圍。

『原來是有邪惡的精神系異能者妄想一統天下，趁機操控著變異葵花暗中剷除異己，沒想到三方勢力碰在一起，展開了一場慘烈的混戰。

『這一夜，四季的異能者死傷無數，整個國家都在劫難逃。』

文舞腦海中警鈴大作，連忙附在應准耳朵邊一陣嘀咕。

應准點頭，「好，我等一下按妳說的做，妳自己小心。」

兩人剛商量好，擂臺旁邊就有人喊了聲「應准」，輪到他代表四葉草避難所出戰。

應准從容地走上擂臺，無視了對面異能者的挑釁，默默道：「發布規則，所有人說話慢十倍。」

SSS級規則異能，初期每天只能發動一次，每次持續十分鐘。

他站上擂臺的一瞬間，當即引發了瑞貝卡看到他之後的劇情，與此同時，他的規則異能又為文舞爭取了寶貴的思考時間。

彼時，帶人悄然靠近的瑞貝卡已經憤恨道：「該……死……的……四……季……救……援……隊……」

瑞貝卡：「？」

她乾著急，卻又說不快，氣得面紅耳赤。又來了，又是這種嘴巴失去控制的感覺，今天她一定要找出那個藏在暗處惡搞她的傢伙，新仇舊帳一起算！

另一邊，文舞終於靈光一閃，急忙握住光筆，將「武裝大師」改成了「女裝大師」。視線滑到下方那句「他們已經被一群變異葵花聯手包圍」，她心中說了聲搜哩，改成了「他們已經被一群變異葵花寶典包圍。」

下一秒，一陣龍捲風刮過，吹得眾人東倒西歪。待大家反應過來時，失控的變異葵花寶典們已經將瑞貝卡身後的女裝大師包圍。

變異葵花寶典的首領冷聲一哼，「好好的男人，非要搞得那麼娘砲，既然那玩意兒沒用，那就上交了吧。」

原本是螳螂捕蟬，黃雀在後，被文舞這麼橫來一筆，變異葵花寶典幹掉了過於娘砲的女裝大師，把蟬兒們看得一愣一愣的。瑞貝卡秒變成光桿司令，見勢不妙，掉頭就跑。

蔣之田瞇了瞇眼，伸手示意想要追上去的異能者們，「窮寇莫追，這個瑞貝卡私自闖入四季的地盤，還帶著這麼一群奇奇怪怪的人，一看就不安好心，小心邊境有埋伏。」

各避難所的負責人想了想，覺得有道理，紛紛放棄了追捕，任由瑞貝卡踉踉蹌蹌地逃離。

文舞扯了扯應准的衣袖，一臉不甘心，「我們就這麼讓她跑了嗎？」

應准看向蔣之田和聚在他周圍、明顯以他馬首是瞻的異能者，若有所思道：「回去再說。」

文舞會意收聲，就聽蔣之田高聲宣布：「擂臺賽繼續，請剛才的兩位外援重新登臺比試。」

糟糕，她心道不妙。剛才只顧著解決麻煩，應准今日份的規則能力被她用掉了，別家的外援大部分也都是異能者，普通人跟開外掛的要怎麼打，被打還差不多。

「要不要我干涉一下比試的結果？」她試探地問。

應准像往常一樣拍拍她的肩，「別擔心，相信我。」

說完便大步走上擂臺，和之前被他無視的異能者再次面對面。

對方摩拳擦掌，氣焰囂張，「呦，我還以為是誰這麼囂張，原來是一六八基地救援隊的應大隊長？聽說你才覺醒了異能，我倒是想見識一下你的——呃！」

應准一個疾步衝上去，一腳將人踹下擂臺。

通過觀察，他發現異能者每次使用異能時，起始都有個緩衝的時間。這個時間因人而異，比的就是操作和意識。眼下做為一個普通人，他如果想贏，就只有一個辦法——不給異能者蓄力的機會，直接將人踹下擂臺。

應准收回大長腿，在一片死寂中站直身形，穩步走下擂臺，經過傻楞的對手時，淡淡道：「你見識到了，我的異能就是——快狠準。」

戰敗對手：「……」

眾人：「？」

哪裡來的開外掛之光，真他媽的刺眼啊！

文舞召喚出『第三十一章、外敵入侵』的頁面，快速掃了後續的劇情一眼，臉上的笑容再也掩不住。

『應准不愧是全國救援基地的戰鬥力天花板，以普通人之力，硬是憑藉著精准的判斷力、迅捷的動作、靈敏的反應，在一眾強大的異能者外援中脫穎而出。

『最過分的是，他甚至根本不知道對手們的異能是什麼，從頭至尾都只有一個流程：走上擂臺、踹飛對手、走下擂臺。

『終於，盟主之戰的決賽開始。蔣之田和應准在大家的歡呼起哄聲中走上擂臺，各站一邊。蔣之田此時自信滿滿，他已經看出來了，這位應隊長根本沒有覺醒異能，不過是仗著身手好，鑽了其他異能者操控異能不熟練的空隙。然而這招對他沒用，他的控火異能可是經過二次進化，幾乎能瞬間發動，同階無敵。在他看來，這場對戰根本毫無意義，避難聯盟的盟主只能是最強異能者，捨他其誰？

『「應隊長，你的實力我剛才看得一清二楚，我們何必再浪費大家的時間，不用動手也知勝負已分，你輸了。」』

文舞看到這，忍不住朝擂臺上笑得一臉謙遜的蔣之田翻了個白眼。你裝，你使勁裝，油膩感都要從文章頁面裡溢出來了。身為男主角，難道不懂「反派死於話多」的道理嗎？

一陣大風刮過，她低聲咳嗽，迎上應准關心的眼神，她朝他狡黠地眨眨眼。

蔣之田看到這兩人的曖昧互動，不爽地冷哼一聲，「應隊長，你的實力我剛才看得一清二楚，我們何必再浪費大家的時間——」

文舞躲在徐欣怡身後，對著她的後背來回比劃了幾下，別人只當兩個女孩子在鬧著玩。

「輸」改成「贏」。

擂臺上，蔣之田繼續朗聲道：「不用動手也知勝負已分，你贏了。」

應准笑著點頭，「承讓。」

他不給蔣之田反悔的機會，飛速轉身走下擂臺，回到徐欣怡身邊，「恭喜妳成為避難聯盟的盟主，幸不辱命。」

徐欣怡傻住了：「啊……謝謝，應隊長真的好厲害啊。」各種意義上都是。

蔣之田：「？」

他意識到自己方才的一剎那被控制了，心知在沒證據的情況下，反悔和辯解只會更丟臉，犀利的目光立刻掃向在場之人。最近不少頗有實力的異能者，在和變異獸戰鬥時都受到了精神攻擊，疑似同一人躲在暗中伺機而動，剷除異己。

這個人手段陰險、所圖甚大，究竟會是誰呢？

蔣之田的目光落在鬼鬼祟祟躲在徐欣怡背後的文舞身上——首先排除掉文舞。她就是個綠化異能者，戰鬥力不足為懼。

徐欣怡也不用考慮，她雖然一直遮遮掩掩，但能陸陸續續拿出那麼多新鮮的藥材，她的異能應該是種植類，搞不好還有個祕密的種植空間，呵。

應准贏了，做為既得利益者，四葉草避難所的嫌疑自然最大。但眾所周知，其負責人祝茗的異能是雷系，而進入末世至今，還沒聽說哪個人能同時擁有兩種異能。

「敢壞我的好事，我一定要把你找出來……」

次日，避難聯盟正式公開了盟主的人選：四葉草避難所的徐欣怡。

蔣之田和他的擁護者們雖然不服氣，但不知道出於什麼目的，暫時也承認了這個結果。表面上一派祥和，私底下卻是暗流湧動。

徐欣怡排除萬難當上盟主，上任的第一件事，就是正式和救援基地建立了長期友好的「通商」關係。通俗地說就是，朋友們，各種物資交換起來！

原本避難所的人想和救援基地的親朋好友多來往，還要偷偷摸摸，免得被當作有異心，會被趕出去。有了通商協議，大家碰面再也不用跟特務似的，精神生活空前地充實起來。

親人相聚吃飯、友人相約玩耍、戀人相互依偎……

等等，似乎有不明物體混了進來。

文舞看著末世論壇上，避難所和救援基地舉辦大型聯誼活動的貼文，嗅到了一絲戀愛的酸臭。「七夕都過了，今天明明是中元節，哼。」

她吃著加辣的福利冰粉，召喚出文章頁面，重複更新幾次，『第三十一章、外敵入侵』後半段的內容便躍然眼前。

『各避難所和全國的救援基地攜手，氣氛空前的友好團結，簡單的商業活動更如同雨後的春筍，在各地大量湧現。一片大好之際，任誰也想不到，真正的危機正悄然來臨。

『仙仙子飛上天授課之際，親眼目睹地底的變異鬼王們接連從沙地裡冒了出來，逢人便附身，歡度屬於他們的中元節。變異地獄犬更是見人就咬，凡是被附身或咬傷之人，陸續變成了毫無知覺的殭屍……』

噗，咳咳咳。文舞差點被一口粉噎死。

見仙仙子從隨身空間裡飄出來，正要飄出窗口，文舞「嗖」的撲上去，一把拽住他的雙腳，將他拍在了地上。

仙仙子：「我——」

對上文舞詭異的目光，他嘴裡的話音一轉，「我倒。」

文舞懶得理他，一手將人按住，免得他亂飛引發劇情。一手握住光筆，擰眉思索片刻後，忽然「哈、哈、哈」地壞笑三聲。

雖然她這章只剩下一次的修改機會，但在同一句話裡，她可是想怎麼修改就怎麼修改，只要貢獻點足夠！

首先，將「鬼王」改成「花王」。

其次，把「中元節」改成「中二節」。

最後，「地獄」改成了「劇透」。

Ok，搞定收筆。大過節的聯什麼誼啊，全都給我嗨起來！

下一秒，她鬆開仙仙子，催著他飛上天開始授課。

仙仙子懸在高空，神色古怪，就見地底的變異花王們接連從沙地裡冒了出來，歡度屬於它們的中二節。

每隻變異花王逮住一個行人，立刻便附在對方背上，一路幫他洗剪吹，做出亮眼的視覺系造型。很快的，走在路上的人全都頂著一頭五顏六色的中二髮型，不少人迎面而過，笑到翻跟斗。

『變異劇透犬更是逢人便咬——』

邏輯衝突，內容自動修復。變異劇透犬們紛紛衝進變異諧星的「死亡陷阱」裡，每個諧星一上臺，牠們立刻開始汪汪大笑。

「汪哈哈哈，我跟你說，這個小品就是#%¥……那個相聲其實#¥……最後的脫口秀#%#……汪哈哈哈！」

好不容易搶到門票來看諧星的甜蜜小情侶：「？」

不愧是地獄來的，你們是真的狗。

一晃眼到了九月下旬，秋高氣不爽。

壞消息是夏日福利消失不見，好消息是，救援基地和避難所的通商協議初見成效，末世裡的小商小販肉眼可見地多了起來。

遠的不提，就拿一六八基地來說，生活在此的老百姓臥虎藏龍，竟有不少人會製作各式各樣傳統的手工藝品。除了之前一號基地送來的擅長編蓑衣、製竹傘的老夫婦外，這裡還有人自製縫紉機、編草鞋、做桌椅板凳、打造各種農具等。

末世之初，因為收留大量沒有外出探索能力的老人家，救援基地一度被隔壁避難所嘲笑他們很傻。

「這可真是養了一群大爺，那些老頭子老太太天天除了吃，還能做出什麼貢獻？」

「我就是從裡頭逃出來的，起早貪黑地探索物資，回來大家均分，憑什麼？」

類似的抱怨溫司令和應准等人不知聽過多少，從來都是好聚好散，道不同不相為謀。

眼下，那些曾嫌棄老人沒戰鬥力的年輕人後悔也遲了。看著基地豐富的產出和收入，還有從全國吸引來的源源不斷的客流，一個個眼睛瞪得比變異兔子還紅。

正式起名「烈焰」的隔壁避難所內，蔣之田為此煩惱，正和幾個心腹一起商量開源的計策。自古以來，要想做起一番事業，什麼都可以不用，就是不能沒錢。

最先投靠他的格鬥異能者梁良提議，「這有什麼難的，避難聯盟現在是徐欣怡做主，就憑蔣老大在她心裡的地位，稍微低個頭、哄幾句，她還不是跟以前一樣乖乖聽你的話？」

另一人笑道：「她的命還是我們救回來的，以為給點藥材，人情就還清了？想得美，當個傀儡正好合適。」

「沒錯，蔣老大可以在幕後操控她，順便韜光養晦。只要借徐欣怡的手，整合所有避難所的資源，再辦個避難商會，要人就有人、要手藝有手藝，到時候就不是一六八基地一家獨大了。」

蔣之田聞言微怔，想的卻是另外一個問題。說起來，徐欣怡最初好像的確是這樣，溫柔懂事，善解人意，尤其對他很體貼，經常不用說就會幫他解決一些困擾。

是什麼時候開始，她忽然變了副模樣，性格跟文舞一樣帶刺了？

就連文舞，那次從車上掉下去後也變了很多……

蔣之田的確有些後悔讓徐欣怡和文舞離開，否則也不會出現這兩人聯手對抗他、搶了他盟主寶座的局面。

思考良久後，他沉吟道：「那就按梁良說的試試，我明天約徐欣怡見個面——」

「不用，見她幹什麼，我可以幫你。」

林小媛不顧外面人的阻攔，強行闖了進來，抬起下巴，春風得意道：「你不用低聲下氣去求任何人，我已經覺醒了斂財異能。不就是物資嗎？給我三天時間，要多少我就能給你弄到多少。」

屋內眾人詫異。上次天災過去這麼久，下次天災還沒來，林小媛這時候為什麼會突然覺醒異能？蔣之田皺眉問出這個問題。

林小媛支支吾吾片刻，想到給她神祕藥水的那人說要保密，否則不會再幫助她進化。她定定神，說出了編好的理由。「我其實在七月一號那天，身體就不太對勁。這幾個月頻繁發燒，可能是第三次天災時覺醒的，只是紫外線帶來的危害沒想像中大，所以直到最近幾天我才察覺。」

大家你看我，我看你，覺得確實有這個可能。

第一次的沙塵暴直接讓全球文明格式化，只剩下人類居住的荒漠地帶、動植物居住的原始森林。第二次的霧霾也來勢洶洶，將變異動植物催生出異能。

所有人都以為第三次天災會更驚心動魄，結果除了暴晒導致的脫水、晒傷外，並沒有引發更嚴重的後果。尤其沿路有了停靠休息的綠洲，人們出行也必定撐傘或戴帽子遮陽、全身塗抹防晒乳，就連脫水、晒傷的例子都是少數。

還以為這末世天災後繼無力，原來很多變化都在悄然發生。

蔣之田樂得麾下又多了一個異能者，當即對著她溫柔笑道：「恭喜。那接下來就靠妳了，期待妳三天之後為我帶來的驚喜。」

林小媛矜持地點頭，「放心，不會讓你失望的。」

同一天，文舞幫四葉草避難所做完一千平方公尺的綠化，從避難所成員手中收到了一大堆謝禮。手巧的大叔送了她一條親手織的圍巾，實在的老木匠為她訂製了一組衣櫃，七歲的小妹妹送她一個親手捏的泥兔子……

因為東西實在太多，徐欣怡和祝茗一起開卡車送她回基地。

兩邊離得並不遠，如今又是太平末世，三人路上有說有笑，經過綠洲時還會停下來看看售賣的小東西，遇到喜歡的就和人交換，一路都走得挺順利的。

沒想到快到救援基地時，他們卻被十個面色冷厲的年輕男女攔住去路。為首的男人一言不發，緩慢地伸手指天，其餘九人隨後跟進，全都做同一個動作。霎時，以他們的頭頂為中心，方圓十公尺的半空中快速聚起一片烏雲，藍紫色的雷電遊走其間。

駕駛座上的祝茗神色一肅，警惕道：「十個雷電異能者？」

坐在車斗裡的徐欣怡下意識拉住文舞的手，秀眉緊蹙。

文舞察覺她掌心微濕，反手握住她，「別擔心，我們肯定能逃出去的。」

徐欣怡搖搖頭，低聲解釋，「阿茗就是雷電異能者，他和我說過，這種能力攻擊力極強，卻並不多見。初期可以聚起一片一公尺見方的烏雲，後期範圍會逐漸增大——這個暫時不重要，重點是這十個人全都是雷電異能，讓我想到一件事……」

重生後，很多事都變得完全不同，自從一開始吃過幾次虧後，她已經很久沒去想上輩子的經歷了。然而這次不一樣，她記得末世裡有一個科學怪人，專門研究這些邪門歪道，不僅做出很多複製貼上似的異能者，還製造出大量的殭屍。

可以說，上輩子最後害死她的殭屍潮，也是間接由此人引起的。

眼前的情況不難猜測，應該是對方朝他們出手了。就是不知道這人的目的是她這個新任盟主，還是文舞這個綠化異能者？故意選在救援基地附近出手，是沒腦子、不知道救援隊的厲害，還是在某種意義上公然宣戰？

徐欣怡沉思時，文舞看似發呆，實則已經盯著文章頁面快速瀏覽。

『第三十二章、天災不比人禍』。

『徐欣怡想起了上輩子的經歷，意識到此事的嚴重性，打算盡快將此事告知救援基地，大家一起商討對策。只是眼下，他們三人得先活著逃出這場截殺，如果真的沒辦法，大不了暴露隨身空間的存在，他們可以一起躲進去。』

文舞看得無比欣慰。黑心蓮除了對敵人心夠狠、手夠黑外，面對自己人和普通的軍民時，她的人設都僅流於表面，一點也不黑心。

她不僅主動想到和救援基地合作，為了救人也不介意暴露空間的存在，她是真的變了。

『四道驚雷劈下，直接讓卡車爆胎，發出劇烈的響聲。為首的男人看著三人，勾了勾脣，「你們看到了，我們十個人全都擁有雷電異能。乖乖跟我們走，你們還可以少吃點苦頭。」

『祝茗推了推他的無框眼鏡，同樣伸手聚起一片烏雲。不同的是，他一個人就抵過對面十個人聯手的效果，又一片十公尺見方的烏雲在空中電閃雷鳴。

『雙方打起來實力均等，無奈對手太卑鄙，冷不防地操控雷電，衝著徐欣怡和文舞劈過去。文舞身為火靈，福至心靈般用身體遮住好友，自己扛下了這一擊。她的身體果然沒事，就是頭髮被雷火燒個精光……』

文舞：什麼什麼什麼？真是太缺德了！

她兩眼冒火，握筆將「雷電」改成——

雷人嗎？讓他們瘋狂地丟人現眼？

落筆之際，她臨時改了主意，換掉一個字。

下一秒，卡車的四個車胎同時爆裂，對面十人中為首的男異能者勾了勾脣，「你們看到了，我們十個人全都擁有來電異能，乖乖跟我們走，你們——」

邏輯衝突，內容自動修復。

「你們等一下到了基地門口，就不用自己搬東西了，那麼大一個衣櫃，看著就很重，兩個女孩怎麼抬得動。我們人多力氣大，這種事交給我們就行。」

已經打算獨自拖住他們，讓徐欣怡和文舞先跑的祝茗：「……」

正要拽著祝茗和文舞一起逃進空間的徐欣怡：「……」

保持隊形一臉無辜的文舞：「……」

今天輪崗暗中隱身保護文舞的尹妮：「……」

卡車很快就開到救援基地門口，十個來雷異能者爭搶著幫忙卸完車，又跟出來看熱鬧的老百姓道：「我們十個平常就在這一帶四處晃晃，各位叔叔、阿姨、兄弟姐妹，如果有遇到什麼困難，千萬別客氣。」

老劉頭對他們豎起大拇指，「真是一群好人呀，好來電呀。」

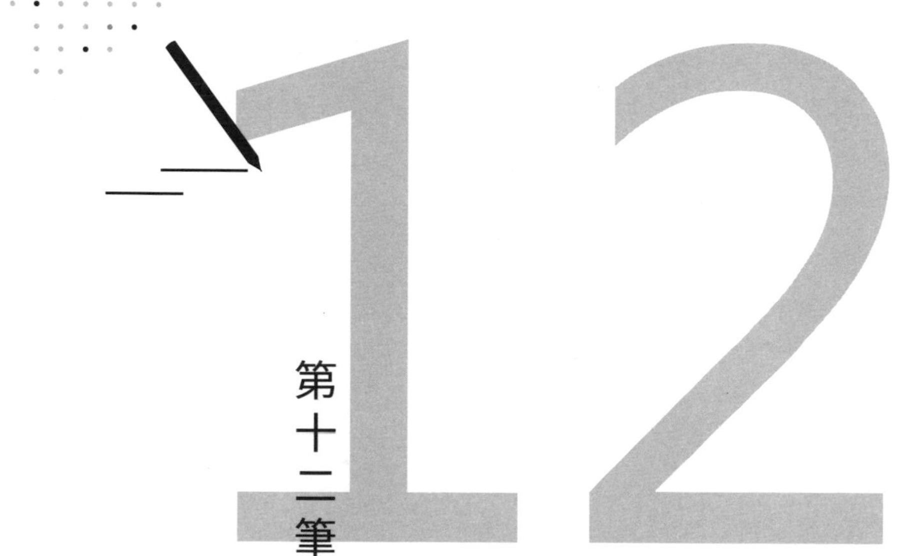

第十二筆

司令室內，徐欣怡以避難聯盟收到消息的名義，將她所知的科學怪人的一系列惡行告知溫司令，並合理做出未來會出現殭屍潮的「推測」。

她不知道，基地這邊其實早就發現祕密實驗室的存在，盯上了卡卡教授。俞心照近兩個月，一直在邊境一帶清理殭屍，表面上是單純防止它們進入四季境內作惡，實則是為了查找卡卡教授的下落。

聽完徐欣怡給出的線索，兩相結合一分析，她還真有了新發現，立刻帶隊出發去尋人。

送走徐欣怡和祝茗後，文舞本意是想看下俞隊長那邊的情況，跟她隔空配合，沒想到入眼竟是這麼一段內容——

『林小媛為了討好蔣之田，讓他看到自己的心意和能力，不惜濫用斂財異能，將末世的商業活動攪得一團糟。但凡她所到之處，小商販們不是東西被偷，就是遇到坑騙拐賣，更倒楣的還會摔傷，總之人人賠得血本無歸。而那些不義之財則像長了翅膀一樣，悄然飛到了林小媛的私人倉庫裡。』

文舞不高興地撇嘴，所有人都在努力生活時，這種自私自利的人就顯得格外扎眼。

她握住光筆想到了什麼，先問了聲系統，「妮妮，你不是說作者也綁定了系統，可以婉拒我的修改嗎，她怎麼一直沒動靜？」

系統嘿嘿一笑，語氣裡竟有一絲得意，**「不是她沒動靜，而是她的系統比我的等級低，被我按住、活躍不起來。」**

「那她真的不打算更新了嗎？」

「那倒沒有，但是她現在完全不知道要怎麼寫下去，不寫大家還哈哈哈，一寫她就挨罵。」

文舞內疚一秒，不能更多，跟著開心地衝著空氣「啵」了一下，放心地落筆。

將「斂財異能」改成「斂柴異能」——

修改失敗。

文舞瞪眼，猛然意識到這代表林小媛已經開始坑人了。她急忙衝出去找到應准，「應隊長，隔壁避難所的林小媛做生意坑人，惡意斂財，你能不能帶人阻止她？」

應准想了下，當即使用他的規則異能，「發布規則，所有人暫時停止交易。」

他的異能隨著精神力的提高連升兩級，已經從十分鐘延長至半小時，影響範圍也從身邊擴大至附近幾個基地和避難所。

有這個時間就足夠了，他當即帶了幾支小隊離開基地，各自分散、尋找林小媛的蹤跡。

救援隊的成員們忙碌一天，雖然沒能逮住四處斂財的林小媛，卻成功救助了不少受到迫害的小商販，將損失降至最低。

傍晚時，文舞盯著不斷更新的文章頁面，氣得一口咬斷嘴裡的甘蔗，使勁嚼爛。

她今天遲了一步，竟然被那個林小媛得手，四處作亂，簡直豈有此理！

忽然，下面又刷出一段新內容——

『林小媛自帶好運光環，一整天下來順順利利，私人倉庫裡堆滿了收穫。她迫不及待地將蔣之田帶去邀功，「之田你看，根本用不了三天，僅僅一天我就為你斂了這麼多的財。」』

文舞氣得腦子一抽，突然握筆將「財」字改掉。新的字眼不能說缺德吧，只能說是惡意滿滿。這個好這個好，之前怎麼沒想到呢，天氣轉涼，才不白送柴火給他們。

下一秒，隔壁避難所裡，林小媛迫不及待地拉著蔣之田，來到她的私人倉庫外，推門之前故弄玄虛道：「你先閉眼，等一下給你一個驚喜。」

蔣之田想像著滿是物資的倉庫，笑著點頭，配合地闔上雙眼。林小媛一手推開門，一手將他推進去，「之田你看，根本用不了三天，僅僅一天我就為你斂了這麼多的屍——啊！」

林小媛「啪」地摀住嘴，看著滿倉庫嗷嗷叫的殭屍，瞳孔震動。

一把被推進殭屍堆裡的蔣之田：「？」

蔣之田到底是二次進化的控火異能者，一瞬愕然後，很快就雙手燃起烈焰，將嗷嗷叫著撲向他的殭屍逐一焚燒殆盡。擁擠不堪的倉庫很快變得和以前一樣空蕩蕩，只剩一地黑灰。然而，無論是精神力耗盡的蔣之田，還是乾著急、卻只能幫倒忙，途中幫他補了兩次「貨」的林小媛，都沒辦法當作無事發生。

蔣之田「呼哧呼哧」地大喘氣道：「這……就是妳說的……驚喜？」

林小媛使勁搖頭擺手，「不是的，之田你聽我解釋，我有的明明是斂財異能，我也不知道中間出了什麼差錯，總之不應該是這樣的！」

蔣之田現在看她一動就心驚膽跳，生怕她再催出更多殭屍，急忙安撫，「我知道，我相信妳，小媛妳別緊張，冷靜，我們慢慢想解決辦法。」

身為書中男主角，蔣之田單論五官自然沒得挑，想要哄個喜歡他的女孩子更是易如反掌。林小媛十分吃他這一套，很快就鎮定下來，仔細回憶她覺醒異能、使用異能的一系列過程。「對不起，有件事我之前沒說實話，我怕你怪我……」

蔣之田笑得溫和，「怎麼會，我們可是老同學，又一起出生入死這麼久，不管發生什麼事，我肯定都站在妳這邊。」

林小媛面帶羞澀，終於下定決心，為心上人破一次例，「這件事我只告訴你一個人，你千萬要替我保密。」

蔣之田拍拍胸脯，「憑我們的關係，妳儘管放心。」

林小媛笑得嬌羞，「其實，我的異能是人工覺醒的。有人給了我一瓶異能者升級藥水，還說這個藥可能會有一點副作用。現在看來，副作用大概是能力不太穩定，會發生突變。」

蔣之田心中一動，神色莫測道：「異能升級藥水？原來還有這種東西存在，妳跟我詳細說說……」

殊不知此時此刻，在無數個角落裡，更多靠異能升級藥水激發異能的普通人都在說著同樣一句話：「這件事我就告訴你一個人，你可千萬別往外說。」

被擾亂的經商秩序在一日之後順利恢復，由於應准這次出手及時，一時間好評如潮。一號基地順勢宣布成立救援商會，由各基地負責人共同監督管理。小商販們遇到難題或發生糾紛，可以隨時到最近的救援基地尋求公正的裁決。這神來之筆，直接讓蔣之田等人尚未成形的「避難商會」胎死腹中。

蔣之田接連碰壁，志存高遠卻缺人又缺錢，心情日漸焦躁起來，對力量的渴求一日勝過一日。而和他心情一樣的，還有這秋日的天氣。

一六八基地周邊的農田裡，老劉看著垂頭喪氣的番茄幼苗，催促馬梓，「小伙子，努力創作啊，水不夠，再來一點。」

馬梓握著一桿筆，蹲在田埂上，滿頭大汗地對著泥土一陣比劃，華而不實的一籮筐臺詞全往上招呼。「嘩嘩」的水源從筆尖處湧出，流入田地，然而真正滲透進土壤中的不足十分之一，絕大部分都在過程中蒸發。

文舞在旁邊看著，微微皺眉。溫思睿推著輪椅上前，伸手遮擋住毒辣的日頭，感慨道：「看這架勢，十月一號的天災可能是乾旱，畢竟暴晒了一個夏天，幾乎沒下過雨。」

文舞覺得有道理，不過還是提了句，「沙塵暴、霧霾、蝗蟲、酷暑都過去了，接下來是乾旱、洪水需要開始預防，也不排除其他天災的可能性，這個秋天肯定不太平。」

這是一個十年資深讀者的經驗和直覺。

反正日子要繼續過下去，各種天災都提前防備起來，未雨綢繆肯定沒錯。

溫思睿溫柔一笑，「放心吧，我們的氣象團隊也一直在收集資料，進行綜合分析，結果馬上就會出爐。比起這個，阿准和心照他們出任務也該回來了，準備一下，我們一起歡度中秋佳節。」

文舞腦子裡閃過「中二佳節」四個字，趕緊甩了甩頭，不吉利不能瞎想。

當晚，一輪圓月高懸，月色皎皎。

全國各救援基地一同舉辦了熱鬧的慶中秋活動，交換物資、各種美食和手工藝品只是日常活動，此外還有個獨特的「交換品」——居住資格。顧名思義，各個基地的成員以自願為前提，只要能找到同意和自己交換的人，就可以換去親人、友人、愛人身邊。

末世論壇上，這項交換一經公布，立刻引起轟動。

【二二一基地想換一三三基地】有人要跟我換嗎，我們基地帥哥美女多，超養眼。我爸媽在一三三基地，我想去照顧長輩。

【一號基地想換一六八基地】末世的首都一號基地就不用我說了吧，就是想去一六八見識一下，剛好有朋友在那裡。

【心酸抗議】都是同胞，也別忘了我們避難所的啊。我媳婦當初被基地救了，不願意離

開，就想為基地做出貢獻，可憐我孤家寡人一個……

抗議的貼文一出，留言回覆立刻破萬，沒想到類似情況的還有很多。

以前大家為了溫飽奮鬥，在不在．處根本不重要，活下來就行。可現在的日子越過越好，吃穿不愁還有搞笑節目看，每逢佳節倍思親，一家團聚自然成了首要大事。

末世也要關心民生，老百姓們的呼聲很快就引起了救援基地的高度重視。最高領導人當即召開會議商討此事，而後和避難聯盟的現任盟主徐欣怡達成協定，於論壇高調公布：

【重磅消息】救援基地和避難所開通交換居住資格活動，以自願為前提，時間僅限今晚。

別看是限時特惠，全國人民照樣激動不已。尤其是避難所的成員，以前對平均分配的救援基地避之唯恐不及，現在卻反過來，想加入都「高攀不起」。

當初帶頭離開一六八基地的劉東子早就後悔了，打著要孝順老劉的名義，回來哄騙那個臨時反悔沒跟他走的舊相識，「十袋米麵，外加一包火腿腸，這種好事你上哪找，換不換？」

舊相識朝他友好地笑了笑，「換——

「你個大頭，滾。」

劉東子：「？」

他碰了一鼻子灰還不死心，又跑去找別人，沒想到沒一個人給他好臉色看，最後更被老劉揮舞著擀麵棍轟出基地大門。

劉東子站在基地門外，惡狠狠地朝沙地上啐了一口，趁人不注意跑到遠處的一輛卡車上，低聲道：「蔣老大，不行，這幫兔崽子還記著之前的仇，混不進去。」

蔣之田看著絡繹不絕從避難所趕來的人，尤其以他的避難所成員居多，冷笑兩聲。「沒事，看來是最近變異動植物很老實，基地這群人太悠閒，找點事給他們做就行了，免得他們挖我的牆角。」

他從懷裡掏出一瓶紫色的液體，舉起來對著月光晃了晃，彷彿在品鑒一杯稀世佳釀。

這東西的效果他已經親眼見證過，像林小媛那樣的普通人，激發異能時或許會出錯，但對於他這種精神力極強、已經二次進化的異能者來說，百分百能助他更上一層樓。

三次進化的控火異能，會給他什麼驚喜呢？

呵呵，既然盟主沒了，商會也沒了，那他總要討回點利息來。

末世的第一個中秋之夜，數不清的家庭終於闔家團圓，四季國土遍地歡聲笑語。

一六八基地做為論壇票選「最想定居的地方」人氣第一名，今晚加入了不少新的成員。為了幫他們快速熟悉這個溫馨的大家庭，溫司令提議，「不如我們基地各部門都出來表演一個節目，歡迎新的家人，大家說怎麼樣？」

回應他的是排山倒海般的歡呼聲和熱烈的掌聲。

很快，應准做為遠近聞名的救援隊第一好看——哦不，第一能幹大隊長，優先送了大家一幅字：**舉國同慶，闔家團圓**。

他當場秀了一手遒勁有風骨的毛筆字，把年輕小姑娘們崇拜得暈頭轉向，然而很快她們就發現，夜空中的星星竟然紛紛移動排列，按照這八個字的形狀組合起來！

「啊啊啊，好帥好浪漫，他怎麼做到的，我的天！」

「應隊長你缺女朋友嗎，你覺得我怎麼樣？」

「我，想嫁，收嗎！」

喜歡是真心喜歡，但姑娘們也沒惡意。愛美之心人皆有之嘛，平時大家都控制著不去捉弄應大隊長，只有今天是例外。應准對外一向不苟言笑，此時被調侃也沒說什麼，鎮定自若地走下用磚石臨時搭建的舞臺。

文舞開心地為他鼓掌慶賀，「幹得漂亮，讓人看得好驚喜啊！」

應准彎了彎眉眼，「我剛剛發布了規則：星辰隨我筆下書，覺得妳可能會喜歡。」

腿腳不便的溫思睿忽然騰空飛過來，朝兩人道：「麻煩借過一下，該我上臺表演了。」

他插著一對簡化版的輕型機甲翅膀，靈活地飛到舞臺上，凌空旋轉三圈，真切地向大家展示末世科技的瘋狂。

救援部和研究部之後，輪到了文舞負責的異能部。

因為異能者的獨特能力，再加上應准珠玉在前，大家都對文舞的表演充滿了期待。

文舞：「……」

不然讓我為大家表演一個原地劈腿吧——她一個舞蹈系的學渣差點脫口而出。

因為她的猶豫，臺下有遊客等得不耐煩了，便不懷好意地帶頭起哄，「不愧是異能部大隊長，想個節目都這麼久，肯定是會的太多，選擇困難了吧？」

「怎麼這麼磨磨蹭蹭的，出生的時候智商和臍帶一起剪斷了嗎，嘻嘻。」

「上帝果然是公平的，給妳臉的時候肯定忘了給腦子，哈哈哈！」

文舞掃了臺下陰陽怪氣的三個人一眼，認出他們都是隔壁避難所的，心裡有了數。

未免掃興，她沒跟他們計較，而是給擁有發光異能的周亮一個眼神，在「聚光燈」打下來的一瞬，身姿輕盈地一旋，翩然起舞。

這是一段即興表演的「嫦娥奔月」，十分應景。文舞的舞姿舒緩、動作簡單卻極具表現力，尤其是她單腳站立仰頭望月、一動也不動地看著天空許久，彷彿隨時要飛上月宮時，臺下立刻響起熱烈的掌聲。

那些受過文舞恩惠的人、真心喜歡愛戴她的人，發誓要讓最初開口、陰陽怪氣的三個外人瞧瞧，他們的文隊長可是有粉絲撐腰的！

又一陣熱烈的掌聲響起，文舞再次展現出她超強的平衡力，以飛天之姿定住身形，快速瀏覽浮現在她眼前的文章頁面。

『蔣之田為了追求更強大的力量，服用了卡卡教授批量派發的測試版異能者升級藥水，控火異能第三次進化，出現了新的用法。只見他一揮手，周圍有無數座火山憑空出現，熾熱的岩漿瞬間吞噬了整個救援基地，最終只留下遍地的月色、遍地的寂寥。』

文舞心中一動，這劇情來得實在太及時。說時遲那時快，蔣之田故意選在她一舞過半時走出來，一言不發地突然揮手——異能發動。

文舞同時伸手捏住光筆、神速修改，在觀眾們看來卻是手指捏了一個孔雀頭，玉指纖纖，靈動可愛。

「火山」改成「火鍋」，「月色」改成「月餅」。

下一秒，無數個火鍋憑空出現——

邏輯衝突，劇情自動修復。無數個火鍋憑空出現，誘人的香氣瞬間傳遍了整個救援基地，最終只留下遍地的月餅，遍地的吃貨。

「啊，蓮蓉月餅我的愛！」

「棗泥、蛋黃都好好吃！」

「我靠，我人沒了……」

一秒被抽空精神力的蔣之田癱倒在地，看著大家蜂擁而上，吃火鍋的挑辣度、分月餅的選餡料，嘴差點被氣歪。他瞪著仍在起舞翩躚的文舞，暗自惱火道：別得意得太早——

『別得意得太早，今晚你們注定要死傷一片。

『據他所知，除了他之外，另外還有兩個成功升級的強大異能者混在人群中，伺機製造混亂，引發恐慌。這兩人服藥後出現了一個同樣的副作用，那就是一旦發動異能，立即會變得喜怒無常，無差別地攻擊周圍的人。』

這不就是兩顆不定時炸彈嗎？文舞覺得蔣之田徹底沒救了，斜睨他得意的表情一眼，又一個三百六十度原地旋轉，順便握筆改字，一系列動作看得人眼花繚亂。

「變得喜怒無常」改為——

嗯……「變成黑白無常」？只要三個貢獻點。

下一秒，人群中的一對兄弟剛要發動異能，突然就變成了黑白無常。

面對嚇得瑟瑟發抖的觀眾們，兩人不約而同地安撫道：「別怕，我們只管陰間的事，陽間的從不干涉。」

說話間，他們走到先前陰陽怪氣揶揄文舞的三個人面前，挨個將人用鎖鍊銬住帶走。

三人大喊：「救命，大哥你們認錯人了！我們是陽間的人，找錯了！」

黑白無常一齊冷笑，「呵呵，自以為掩飾得很好？身為陽間人，一張嘴就是一口純正的陰間話，肆意擾亂陰陽秩序，我們要抓的就是你們，趕緊走。」

大家都是成熟的末世人了，見怪不怪，目送黑白無常押著三個陰陽師離開，繼續有吃有喝、有說有笑。某不明真相的路人打聽，「欸，剛才那兩人是在Cosplay嗎，有夠逼真的。」

每回都往基地門口躺倒、見過無數世面的老劉呵呵一笑，「那是相當得逼真，變異黑白無常，走出我們一六八後，你就見不到這麼邪門的了。」

問完之後更加不明真相的路人：「……」

熱烈的掌聲喝彩響起，文舞的表演接近尾聲。

做為一個從小舞到大的專業人士，起初她還時不時仰頭望月、修改劇情，到了後面，她卻是真的投入其中。這一舞，酣暢淋漓，享受又盡興。

最後一個結束動作，周亮的聚光燈收為窄窄的一束，倒不是為了突出重點，而是他……精神力頂不住了，咳咳。

文舞原本打算擺個經典的嫦娥奔月造型：仰頭望月，兩隻手同時向前伸展，一腿站立一腿後翹，呼應前頭用來偷看劇情的舞姿。

但見周身光圈的大小已經不足以把她伸展的手腳都籠罩在內，而且還有逐漸縮小的趨勢，搞不好會把她照成一個單腿罐頭，她急中生智，換了個收尾姿勢。

眾人只見文舞雙目如燦星、笑意盈盈，仰頭望月時雙腿微屈，而後向正上方的夜空輕輕一躍，彷彿要隨著這道光一起離開這人世間。

當即有人吟詩一首，「啊，此舞只應天上有，末世哪得幾回聞。」

臺下的觀眾們看熱鬧，臺上的文舞此刻卻有些心驚。

剛剛她只是輕輕屈膝一躍，完全就是做個樣子，沒想到那麼小的力道，她卻差點脫離地心引力，真的飛上天，真是離譜。

她在隨身空間裡是器靈，確實可以飄來飄去，但離開空間她就是個平平無奇的劇情修改者，照理說不至於這麼神啊。

直到換上醫療部的趙愛琴走上舞臺，指揮著輸血蚊子們，為大家「嗡嗡」表演了一場別開生面的蚊子交響曲，聽得全場頭皮發麻，她還在思考這個深奧的問題。

蔣之田自從出場揮手，變出一地火鍋、被抽空精神力後，就一直癱倒在地。因為他覺得話太多不夠帥，想要給文舞和救援隊沉默的一擊，以致於在場根本沒人知道他做過什麼。在大家看來，他就是走幾步沒站穩，一屁股坐在地上了，還一副有氣無力的樣子。

看他一臉被掏空的表情，老劉一錘定音：「這小伙子不行啊，腎虛。」

所有人深以為然，紛紛討論起末世如何補腎的醫學問題。至於憑空出現的火鍋和月餅，那自然是料理異能者賀禮的本事了。就跟上次遍地的熱狗一樣，這次他配合文隊長的演出，舞蹈加美食，視覺和味覺的雙重刺激，效果炸裂。

所有問題在一六八救援基地都不是問題，已經被成熟的老百姓們了解得明明白白。

林小媛好不容易從擁擠的人群中發現一臉崩潰的蔣之田，連忙擠過去扶著他離開。

回避難所的路上，蔣之田仰面躺在車斗裡，看著夜空中尚未散去的「舉國同慶、闔家團圓」八個字，心中五味雜陳。原來應准真的覺醒異能了啊，看他們這麼低調，覺醒的時間也不前不後，極有可能跟他這次的進化是同一個來路。

他曾經看不起的人，正在拚命地追趕他、甚至超越他。

逆水行舟，不進則退，他蔣之田，怎麼會甘願讓人踩在腳下？

話說回來，連他的第三次進化都出了紕漏，好端端的召喚火山，變成了召喚火鍋，應准這種普通人逆天覺醒，副作用應該更大才對。這是個突破口，他一定要盡快查清他的弱點。

另外，火鍋的格局雖然不夠大，但是眼下入了秋，以後的氣溫逐漸降低，開個火鍋店肯定吸金，回去後他得趕緊讓人準備起來。

好在沒白進化，花了他那麼大一筆物資呢，就沒見過這麼會坐地起價的人。

對了，那人長什麼樣子來著……

末世論壇（秋季，十月一日，晴）。

過了中秋節，日子一下子過得飛快，眨眼就進入十月。

和氣象團隊分析得出的結論一樣，四季國土上沒發洪水、沒鬧乾旱，全民迎來了末世裡難得的晴天。曾經的紫外線和霧霾，對人們造成的影響越來越小，荒漠戈壁也在文舞和馬梓的共同努力下，逐漸點綴滿了綠洲。

人們彷彿看到末世終結的希望曙光，可半天沒到，大家漸漸地發現異常。

不管行走還是站立，每個人都一反常態地腳不著地，喝口水更需要漫天追著水滴跑。

一天到晚跑來跑去的變異公雞全都變成了飛雞，但兩隻雞爪踩著空氣趕路，就像踩棉花，深一腳淺一腳，比蝸牛爬得還慢。

整顆星球一下子進入了失重狀態，衣食住行全都要飄著進行。

論壇上久違地出現了求助貼文，且數量在飛速增加——

【求助】救命啊，根本不知道該怎麼吃飯，孩子已經在半空中亂飄一天了，誰能教我怎麼樣才能追得上米粒。

【重力】我明明是個快要一百二十公斤的胖子，但眼看著一個比我還胖的已經飄得不見蹤影了，這是什麼情況，全民氫氣球嗎？

危機時，各救援基地收到最高領導人直接下達的緊急救援指令，祕密特訓已久的機甲救援隊集體出征。應准等人身穿重型機甲才能勉強地貼地行走，正人手一根繩索，將從天上拽下來的同胞挨個拴住。

被拴成一長串，像被放風箏似的民眾們：「……」

感動的淚水流上了高空。

文舞還算走運，剛飄起來時就被仙仙子一把按住，用繩子拴在門口。現在的她就像一個飄在屋頂上的大號氫氣球，凌空翻來翻去，還能做出仰式、自由式、狗爬式等姿勢。而在她眼前浮現的，則是不久前才剛更新出來的新章節頁面——

『第三十三章、驚不驚喜，意不意外』。

先不說內容，光是這個名字聽起來就賤賤的，呵。

『突如其來的失重天災，將所有人都打了個措手不及。

『原始森林裡的變異動植物還好，牠們似乎進化出了吸盤，穩穩當當地留在地面上。荒漠裡的黃沙卻紛紛飄上天，聚集成一座座浮空沙山。

『這動靜驚動了在地底蟄伏多時的變異蜈蚣，牠們扭動著巨型的軀體，借助吸盤和失重狀態，遊走在天上地下，於浮空沙山中鑽進鑽出，專門捕食意外飄進其中的人。』

文舞盯著「變異蜈蚣」發呆，難不成要改成「變異愚公」，然後愚公移山，子子孫孫無窮盡也？全都是沙子，又沒擋路，移走了還會有新的聚集而來，是能做什麼？

「快來人，去救許諾！她為了救人，衝進浮空沙山，有一隻變異蜈蚣從後面跟進去了！」

俞心照穿著迷你版重型機甲，輕輕一跳，一頭栽進了半空中的沙山裡，消失不見。附近幾個救援隊的成員聞訊趕來，哪怕明知道這時候衝進去意味著什麼，也沒有人遲疑半分。

目送著五、六個同伴消失在眼前，文舞深知成敗在此一舉，靜下心重新審題。

「變異——」

不，不能陷入固定的思維模式，誰說必須修改變異獸的種類了，她可以讓變異獸改變行為！

——「專門捕食」改為「專門救助」。

下一秒，浮空沙山裡，險些被變異蜈蚣百來條腿輪流踹到崩潰的俞心照身上一輕，難纏的敵人竟然停下了致命的最後一擊。

不久前還凶殘無比的變異蜈蚣忽然飄到俞心照身旁，一臉無辜道：「小妹妹，妳身上怎麼全是腳印，走路這麼不小心，快上來，姐姐揹著妳離開這裡。」

俞心照：「？」

還裝，你他媽的難道不認識自己這一百多個特大號腳印嗎！

有了變異蜈蚣的加入，救援隊的救援活動進展得異常順利，但光有救援不夠，重要的是從根本上解決問題。

溫司令貼在司令室的房頂上，看著窗外不斷飄上天又被救下來的老百姓，長吁短嘆。

「唉，史無前例的失重天災，這要怎麼對抗？」

彼時，文舞在屋頂旁飄了大半天，終於想到一個辦法，默念一聲「進」，來到了隨身空間。平時她一進來就開始飄行，愛慘了那種脫離地心引力的自由自在，這次卻破天荒地腳踏實地，每走一步都感動得不行。果然只有失去了才懂得珍惜。

中心藥田裡，靈泉噴湧，靈氣四溢。老農NPC們數月如一日地精心打理著地裡的藥草，每天的產出都是一個可觀的數字。

東邊的機甲工廠早已由軍人NPC接管，輕型機甲主偵察、中型機甲主戰鬥、重型機甲主防禦，安排得明明白白。溫思睿也帶著研究團隊，對機甲進行了二次改造，讓它們更適應末世的氣候和地形，徹底實現了本土化。

接下來空間再次升級，如果能提供抵抗失重狀態的工具就好了。

她邊琢磨修改劇情的事，邊繞了一大圈，終於在西邊被濃霧覆蓋的邊緣處，找到了負責栽培珍稀藥草的植物學家。本來是想問問培育進度，走近一看，她嘴角不受控制地抽了兩下。

此時，植物學家手裡正死死按著一株張牙舞爪、吱哇亂叫的變異生薑，就見那胖成球的大塊生薑嘴巴開闔地嚎道：「壓著老子幹什麼，世界這麼大，我要出去走走！快鬆開老子，不然那個文舞要來啦，我靠——」

變異生薑眼尖地發現不遠處的器靈文舞，最後兩個字就是證明。

文舞沒想到這次會培育出這麼一個玩意兒來，一時哭笑不得。

不過她暫時顧不上收拾這傢伙，而是趕忙隔空傳音，通知好姐妹，「欣怡，西邊的濃霧已經開始消散，我們的隨身空間要第二次升級啦！」

徐欣怡沒過多久便趕到，一進來先狠狠鬆一口氣，繞著文舞來回走了好幾圈。

「天啊，我怎麼沒想到還可以躲進空間裡，差點忘了在地上走路是什麼感覺。」

文舞任由她轉來轉去，假裝盯著西邊的濃霧，實則看著更新了的文章頁面。

系統忽然道：**「宿主，作者一路狂笑到最新章節，剛剛得意起來，修改了寫作軟體自動生成的內容，妳小心。」**

文舞略感意外，「上次被虐得不夠，她還要針對我？」

「那倒不是，她就是不太服氣，想跟妳比一比誰腦洞更大。」

文舞：「……」

實不相瞞，在下贏定了。

有了系統的提示，當文舞隨後看到已經生成的內容一瞬發生變化，緊接著頻繁地變來變去，像壞掉的燈泡一樣「狂閃」，一下就猜到了原因。

頻閃的段落內容如下：

『在文舞和徐欣怡的期待下，西邊的濃霧逐漸驅散，露出了一座超大型的食品工廠，可以用來加工變異動植物，為大家提供更多的食材。』

第一次字跡閃爍，「食品工廠」變成了「繩索工廠」。

文舞大概能猜到作者的意思，她是想為末世提供足夠的繩索，方便救援隊將人全都拴在地面建築上。

第二次，「繩索工廠」又變成「漁網工廠」。

文舞琢磨著，她是覺得繩索用起來不方便，漁網可以更好地在空中捕撈民眾，也能將人牢固地罩在地面上。

第三次，第四次……

文舞生怕作者的腦洞太邪門，緊張地一邊刷新，一邊盯著濃霧退散的情況。如果最後不是她想要的那座工廠，她還可以仗著自己就在現場，抓緊時間臨時修改內容。

不知不覺，末世裡一天過去。夜深人靜時，西邊的濃霧終於只剩下稀薄的一層，文舞急忙戳了戳打瞌睡的徐欣怡，兩人攜手上前。

『文舞和徐欣怡手把手地走進新工廠一看，雙雙驚喜道：「呀，沒想到是一座建築工廠，這樣我們就可以打造無數條末世長廊，供所有人貼著屋頂飄行了！」』

文舞：「……」

她看得直翻白眼，為全國鋪長廊，敢問作者妳不累是吧？

最後一層薄霧消散之際，她捏了捏徐欣怡的掌心，快速道：「閉眼，等我說睜開再睜。」

徐欣怡不明所以，配合速度卻極快，閉眼的動作毫不拖泥帶水。

文舞將目光聚焦在「建築」兩個字上，握筆將其修改為「重力」，而後喊道：「欣怡快看，這次居然是一座重力工廠！」

——成為既定事實，作者無法再次修改。

徐欣怡聞言看去，就見平地拔起一座占地面積堪比機甲工廠的大型廠房，裡面有幾十條流水線，正生產著各式各樣的飾品、糖果和甜點。

「這些髮夾、項鍊、手鐲、尾戒……設計得好漂亮啊。雖然有點華而不實，不過愛美之心人皆有之，應該賣得出去。」

徐欣怡拿起一條紅珊瑚手鍊，眼前突然冒出一行小字——**【重力手鍊（普通銀質）】：初級消耗性加重道具，佩戴後可在失重狀態下正常行動一小時，摘除後計時停止。**

她愣了愣，還以為自己出現幻覺，又試探性地拿起一個紅珊瑚胸針，那行小字再次浮現——**【重力胸針（優質紅珊瑚）】：中級消耗性加重道具，佩戴後可在失重狀態下正常行動一天，摘除後計時停止。**

她緊接著換成一旁的一枚藍鑽尾戒——**【重力尾戒（珍貴藍鑽）】：高級消耗性加重道具，佩戴後可在失重狀態下正常行動一星期，摘除後計時停止。**

徐欣怡掐了自己的臉蛋一把，疼得齜牙，而後猛然看向文舞，「阿舞快看，我們有辦法對付失重了，太好了！」

文舞雖然是這工廠的創造者，但東西出來之前，她還以為會是什麼黑科技重力儀器，完全沒想到會有這番驚喜。

她走到另一邊，挑出一顆粉色桃子味的水果糖，同樣看到一行浮空說明文字——**【重力水果糖（桃子味）】：一次性加重道具，糖果完全融化後，加重效果消失。**

再拿起一塊巧克力蛋糕，浮空文字當即一變——**【重力蛋糕（巧克力味）】：一次性加重道具，食用後獲得定量的卡路里，該卡路里消耗一空後，加重效果消失。**

連文舞自己都覺得這個真心厲害了。

那邊，徐欣怡已經挑了一條漂亮的粉鑽項鍊，拿過來想親手為文舞戴上，「妳皮膚白，戴這個好看。找半天就這一條是特級的，能維持一個月的正常行動狀態。」

「就這一條，如果給我了，那妳怎麼辦？」文舞沒接過項鍊，反而把一塊起司蛋糕送到徐欣怡嘴邊，她記得原文提過，黑心蓮最喜歡吃這個。

徐欣怡開心地接過起司蛋糕，看到那行浮空文字時，又小小地驚喜一番。挖了一勺送入口中，濃厚的滋味剎那在唇齒間漾開。她一臉滿足道，「我先用藍鑽尾戒湊合著用，也能撐一個星期，到時候工廠應該已經生產出其他特級飾品了。妳常常跟著救援隊出去救人，比我更需要，總之給妳就是妳的，不許跟我客氣。」

文舞隔空送給她一個飛吻，大方地收下。

兩人隨後各自挑選了一批飾品和糖果甜品，帶出去造福基地和避難所。

末世論壇（秋季，十月三日，晴）。

伴隨失重狀態越來越嚴重，四季全國的老百姓逐漸陷入前所未有的崩潰情緒中。追不上飯、搆不到水、每天貼在屋頂餓得睡不著覺，出門必須在自己腰上拴根繩，飄行範圍由繩子長短決定。這他媽的是人過的日子嗎？

蟄伏已久的間諜們見狀立刻發文，極力煽動群眾的情緒，讓他們更加焦慮和不滿——

【悲傷】眼睜睜看著認識的人飄得沒了蹤影，生死都不知道。救援基地在幹什麼，為什麼不幫幫我們，我對這個國家失望透頂！

【難過】生活型機甲都發給關係戶了，我親眼看到基地的人賄賂領導人才分到的。災難之前，犧牲的永遠是我等平民，呵呵。

【移民】以前覺得四季好，這次我總算看清了。α星都這樣了，其實還不如去β星，聽說境外的武裝勢力有門路。

【禮貌問價】多少物資可以移民？我們一家都受夠這個破地方了。

鍵盤俠的可怕在於，哪怕已經過了幾百年，他們依然頑強地存在，且生生不息。

匿名論壇無從確認身分，間諜們先是造謠，再裝作百姓自問自答，很快就攪混了一潭水。漸漸地，有不明真相的群眾被帶偏，開始跟著發文抱怨。有關救援隊見死不救、偏心關係戶、收受賄賂之類的謠言更是說得有鼻子有眼，彷彿個個親眼所見。

三人成虎，言辭如刀。輿論的風向導致百姓們對救援隊出現牴觸情緒，基地的人也提不起幹勁，令本就艱難的救援行動雪上加霜。

文舞看了眼「三十三章」接下來的內容，發現這些間諜很快會引發一場民眾暴動，導致救援隊的成員意外犧牲，她一下子火了。

『隱藏在暗處的間諜們輪番上陣發文，詆毀救援基地……』

「輪番上陣發文」改為「輪番實名發文」。

落筆的下一秒，論壇上突然混亂爆發。人們很快就發現瘋狂造謠抱怨的人，來去就那麼幾個，而發文者的名字足以說明問題。

正常四季人的ID：天涼王破、失重好煩等。

間諜的ID：拉布拉基・士德拉基（β星間諜）等。

輪番舞了一圈才發現不對勁的間諜們：「？」

雖然他們沒辦法繼續左右輿論風向，但萬幸即使暴露了真實姓名，最多就是被發文嘲諷而已。四季的軍隊無法大範圍搜索排查，絲毫不影響他們繼續潛伏。

只要失重天災不解決，距離百姓們和這個國家徹底離心還遠嗎？

殊不知，文舞出手扭轉輿論風向的同時，第一批具有加重效果的飾品、糖果和甜點也已裝車完畢。俞不宣開著他的七節綠皮火車，從一六八救援基地出發，「請嗆請嗆」地去往全國各個基地。

不久後，論壇首頁上出現一篇文章，一看發文者是一六八救援基地的溫司令，無數末世人心中騰起一絲希冀。這個一次又一次為人們帶來奇跡的地方，難道已經找到了對付失重的辦法？

【一六八基地】經過我方研究團隊的通力合作，已經成功開發出具備重力效果的飾品、糖果和甜品。各大救援基地和四葉草避難所皆有售，歡迎洽詢訂購（貧困戶可遞交申請，審核通過後免費贈送）。

【購買條件】論壇下單，論壇下單，論壇下單。

本以為可以趁機擺脫失重狀態的間諜們：「……」

末世之初，大家日子艱難，防霾口罩也曾免費發放，如今只要不是特殊情況，人人都能找到工作換取物資，自然要合理收費。溫司令一向提倡救急不救窮，末世更不會養懶漢。

這則消息一出，不少人紛紛留言打聽，更有一六八基地和四葉草避難所的試用者放出買家秀。且不說他們正常行走的身姿令人心往神馳，單是漂亮的飾品、誘人的糖果甜點，便足以讓人欲罷不能。

一夜之間，來自全國的訂單像雪花一般，飛向各救援基地和四葉草避難所。不僅失重的問題得到解決，間諜們陸續飄出大氣層，四季的國庫也豐盈了起來。

最高領導人忙碌一夜，連續召開會議，下達了「開展基礎建設」的最新方針。

看著窗外躍出地平線的旭日，勤務兵忍不住提醒道：「天都亮了，這麼熬夜您的身體哪能吃得消，還是快去休息一下吧。」

最高領導人打了個哈欠，看向窗外的一輪紅日，欣慰一笑，「是啊，天亮了，這是末世之光，她早晚會重新照亮這片大地。」

眨眼間半個月過去，天氣逐漸轉涼。

整個α星進入完全失重狀態，救援基地聯合四葉草避難所出售的重力飾品、糖果、甜品越發供不應求。眼看這兩邊生意火紅，各種物資源源不斷地從全國各地流入其中，蔣之田不可避免地眼紅了。

經過緊鑼密鼓的籌備，他的火鍋城終於正式開業，就以避難所的名字命名，叫「烈焰火鍋城」。開業當天，蔣之田特意在論壇發文宣傳：

【火鍋城開業大放送】前十人免費，前一百人五折，前一千人八點八折。

沒有人能拒絕美食的誘惑，哪怕身在末世，火鍋城一下子竄紅，慕名而來者絡繹不絕。

彼時，林小媛為了將功補過，任勞任怨地跑前跑後、迎來送往，儼然一副烈焰避難所女主人的架勢。

許諾傳來八卦，描述了隔壁人山人海的盛況，文舞一笑而過。

她雖然對龍傲天有偏見，但也沒打算趕盡殺絕，對方靠自己的本事賺錢，無可厚非，反正每個人精神力有限，每天的火鍋只能限量供應。

然而，自動更新的文章內容差點把她氣瘋——

『為了吸引更多的回頭客，林小媛提議往火鍋裡加料。這種東西少量不會被察覺，既能提鮮，還可以讓人百吃不厭，真正得欲罷不能。』

他媽的，她爸是為什麼臥底犧牲的？蔣之田和林小媛現在又在幹什麼！

文舞第一時間衝到司令室彙報此事，應准緊接著便親自帶隊，前往烈焰避難所緝毒。

即便是末世，救援基地對毒品也是零容忍！

烈焰避難所此時人滿為患，住得近的不必說，還有人大老遠騎著變異公雞，跨越半個四季前來嘗鮮。蔣之田正為自己的生意頭腦洋洋自得時，簡單搭建的露天火鍋城卻突然被救援隊的人團團包圍。

林小媛眼見有客人被嚇跑，不滿道：「你們幹什麼，大家打開門做生意，只許你們州官放火，還不許我們百姓點燈？」

文舞扯著嗓子嗆回去，「你們拿什麼點，拿變異罌粟的命，還是在場所有食客的命？」

狼吞虎嚥的食客們聞言，頓時覺得嘴裡的東西不香了。

蔣之田從容地走到人前，不緊不慢道：「請問，你們這麼說，是有什麼證據嗎？不然這就是詆毀和惡意競爭，我可以向一號基地提出抗議。」

他之所以敢在火鍋裡加料，自然是因為變異罌粟的特點——無形無色無味，這東西入水即溶，任誰來也無從檢測。

應准看向文舞，文舞朝他不著痕跡地點頭。

『變異罌粟的存在根本無從檢測，應准吃了個啞巴虧，在蔣之田幸災樂禍的目光下，不得不道歉離開。』

「無從」改成「不用」。

變異罌粟的存在根本不用檢測——

邏輯衝突，劇情自動修復。它們的殘魂紛紛從火鍋裡飄出來，衝著桌上的食客們吶喊：

「本罌粟死得好慘吶，你們還我命來，還我……」

眾食客：「！」

在座的誰都不是傻子，受害者都氣得從油鍋裡飄出來喊冤了，哪能猜不到蔣之田這麼做的險惡企圖？

雙方瞬間起了衝突，短兵相接，如果不是其中一方被擊潰，看起來就無法收場。

『蔣之田原本為了維持秩序，用糧食雇來了一群變異大象，此時正好派上了用場。只見幾百隻變異大象「咚咚咚」地跑來，腳步震天響，直接將應准帶來的救援隊和鬧事的食客踏平。』

文舞看得皺眉，男主角光環可真麻煩，剛好在她本章的四次修改許可權用完時來這招，實在棘手。

「妮妮，你還差多少隻變異獸，就能再次升級？」她暗中詢問。

系統檢測後答：**「還差四十五隻。宿主最近擊殺變異獸的數量偏少，友情提示，變異植物也算有效擊殺。」**

系統從來不會無的放矢，文舞環顧四周，眼睛一亮。

她衝到各桌的火鍋旁，在食客們反應過來之前，一口氣連續吹散了四十五隻變異罌粟的殘魂。吹得她大腦缺氧時，耳邊終於傳來了系統美妙的聲音：

「恭喜宿主成功擊殺第四百隻變異獸（變異植物），系統自動升級，妳的修改許可權從『每章可修改四句話』變為『每章可修改五句話』。」

文舞一秒都不敢耽擱，握緊光筆正要修改關鍵字時，「變異大象」的「大」字忽然閃了閃，變成「小」。

她挑眉，彷彿看到作者扠腰大笑：哈哈哈，看，一群變異小象，還在喝奶呢，根本不足為懼，感謝我的智慧和仁慈吧！

蔣之田眼見場面混亂，他這生意做不下去了，當即一聲口哨傳信，呼喚他提前雇傭的保鏢出場。

文舞踩著點，急忙將「變異大象」改成了……嘿嘿，「變異女友」。

下一秒，只見幾百個變異女友「咚咚咚」地跑來，腳步震天響，很快就將蔣之田團團圍住。

蔣之田愣道：「妳們傻了嗎？圍著我幹什麼，去包圍他們啊！」

電腦螢幕前的作者也抽著嘴角道：「呵呵，我為什麼想不開，要跟一個腦洞本人比誰腦洞更大？」

變異女友的首領看了蔣之田身後的情敵們一眼，突然指著他的鼻子，嬌喝一聲，「你給老娘解釋清楚，她們是誰？你背著老娘，究竟還有幾個好妹妹？」

其餘的變異女友紛紛咆哮，「沒錯，你給老娘解釋清楚！」

「你身上哪來的香水味？」

「你肩膀上這根長頭髮是誰的？」

「你襯衫上為什麼沾到了口紅？」

「你家的馬桶蓋為什麼是放下來的？」

「你……」

一片質問聲中，變異女友的首領一聲令下，「別問了，種種跡象表明他就是個渣男，伸出妳們的小腳腳，跟我做同樣的動作——」

踹他。

蔣之田被他自己高價聘請的變異女友們踹了一頓，很快就鼻青臉腫，還被迫給出雙倍的「精神賠償費」，好不容易才打發走這群叛徒。再看向周圍，哪裡還有客人的影子？

整個火鍋城人去樓空，只留下一地被砸爛的桌椅板凳、鍋碗瓢盆。

這一趟，他真是賠了夫人又折兵。

應准帶人上前，對蔣之田肅然道：「關於非法使用變異罌粟的問題，麻煩你跟我們回去協助調查。」

「呵，假惺惺，這還有什麼好查的，你不都看到了？」

蔣之田身上疼、心裡更疼。看著一身正氣、擺明不可能通融的應准，他目光閃了閃，突然暴起。只見他周身火光大盛，一條凶神惡煞的火龍從紅色烈焰中疾飛而出，首當其衝的就是應准。

應准神色冷凝，從容地開口，「發布規則：火元素禁用。」

眼看著惡龍已經衝到應准面前，一張血盆大口、朝他腦袋咬下，蔣之田揚聲大笑，「我也不想這樣，應隊長，是你們欺人太甚！既然如此，那你們今天就通通給我——」

忽的，惡龍動作一頓。蔣之田的聲音也戛然而止。

火焰化作的龍鬚已然觸到應准的臉，它身上卻發出「喀嚓喀嚓」的細碎響聲。

「吼——」惡龍當空低吼，彷彿變成了一條脆皮玻璃龍，伴隨「碰」的一聲輕響，眨眼間碎成萬萬片，悄然湮滅在天地間。

局勢瞬息萬變。上一秒還險些化作飛灰的救援隊眾人，下一秒已經將蔣之田和他的小跟班們按在地上摩擦。沒了控火異能，訓練有素的救援隊成員隨便一個都能將他打趴。

蔣之田能屈能伸，掙扎無果後立刻扯著嗓子求救，「文舞，我們可是一起長大的，我以前對妳那麼好，妳真的忍心看我被抓嗎？」

文舞見同伴們受到影響，下手克制，還時不時偷瞄她的臉色，不由輕嘆一聲，喊道：「兄弟姐妹們，看在我跟蔣之田是青梅竹馬的分上，你們倒是用力啊，別跟我客氣！」

蔣之田：「？」

自動腦補出種種狗血過往的眾人：「！」

難怪文舞當初剛來基地時那麼狼狽，還是被應隊長他們救回來的，這裡頭能沒一點故事嗎？大家看蔣之田的目光頓時不善了起來，下手專往痛處上招呼。

蔣之田心知自己今天徹底完蛋了，一旦被帶到救援基地，很可能未來的幾年、十幾年、甚至幾十年都要失去自由。他心一橫，忽然不再反抗。

「別打了，我跟你們走，跟你們走不行嗎！」

見蔣之田服軟，救援隊的成員不得不遺憾地收手。哪怕還想替文舞多捶幾拳，但他們始終記得自己的身分和基地的紀律，絕不能明知故犯。

蔣之田喊著疼，蜷縮在地上，身體輕微地顫動。

文舞蹙眉，擔心男主角光環突然跳出來閃瞎大家的眼，快速召喚出文章頁面。

一更新，**『第三十四章、驚變』**躍然眼前。

文舞連內容都顧不得看，直接大聲示警，「大家小心有詐！」

長時間的團隊默契和信任，讓救援隊的成員們第一時間本能地往後退開一段距離，將蔣之田扔在原地。眾人緊盯著蔣之田，防止他暗中藏了一手，突然攻擊。

然而等來等去，他依然一動也不動地蜷縮在地。

文舞不解之餘，匆忙看了內容一眼——

『林小媛為了救蔣之田，爆發出平時兩倍的精神力，一下將全國各地遊走的零散殭屍斂來了上百隻。』

這次沒為她留下修改劇情的機會，應准等人已經聽到動靜，看向周圍。

百餘隻眼神呆滯、行動遲緩的可怖殭屍正嗷嗷叫著走來，大有將大家包圍之勢。

殭屍的可怕之處，在於被咬傷抓傷之後還會傳染屍毒，溫思睿至今還在帶著團隊研究這種毒素，暫時無藥可解。一旦沾上就是生不如死，如果本人戰鬥力強，殭屍化後還會帶來更意想不到的破壞性。

之前就曾有其他基地救援隊的人不幸受傷，為了不成為同伴們的困擾，自己找了個安靜的地方，趁人不注意時結束了年輕的生命。

因此種種，大家恨透了製造殭屍源頭的卡卡教授，俞心照為了早日抓到始作俑者，更是沒日沒夜地在邊境排查。

應准當即朝隊友們打了幾個手勢，包括文舞在內，大家自動分散成三人一組，背靠背擺好戰鬥陣型。

跑當然是跑得掉的，畢竟殭屍移動緩慢，但哪怕只有一秒，也沒有一個人生出過這樣的念頭。這是四季的國土，這裡生活著許許多多沒有自保能力的百姓，肩上的責任讓他們一步也不能後退，必須將這批殭屍殲滅在此。

只因為他們有一個共同的名字：四季軍人。

13

第十三筆

不久後，殭屍群移動到近前，戰鬥一觸即發。

測試出感知能力的人駕駛著戰鬥型機甲，衝在最前方全力輸出。由於殭屍數量太多，不斷有漏網之魚越過第一道火線，這些就交給後面的三人小分隊逐一擊破。

文舞和應准分在一組殺敵，餘光瞥見蔣之田被林小媛扶起，丟下他們其餘的同伴偷偷溜走，又氣又急。

「對不起應隊長，是我之前考慮不周了。」

她不該低估男主角光環的威力，這力量足以讓林小媛突破人性的底線，為了他一個，不惜傷害無數人。

依文舞所想，林小媛被驚嚇一次後，肯定再也不敢用她的異能，等基地這邊抓住卡卡教授，未來還可以通過她的本事清除零散遊蕩的殭屍。沒想到她為了救走蔣之田，能做到這個程度，明知道那些東西的危險性，還是把它們聚了過來。

這和文舞上次的修改性質完全不同。文舞當時限定了出現地點：倉庫。

蔣之田用他的控火異能可以輕鬆將殭屍群一網打盡，頂多讓他的精神力透支，卻不會為外界帶來困擾。而眼下，這些殭屍完全遊走在室外，但凡跑掉一隻，附近的避難所和救援基地都將迎來難以想像的毀滅性災難。

應准聞言顧不上開口，先集中精力解決掉蜂擁而至的幾隻殭屍，又一腳將斜側方撲上來的偷襲者踹飛，這才言簡意賅地回她，「這不怪妳，專心對敵。」

文舞頷首，收回懊悔思緒的同時，一槍爆了眼前殭屍的頭。

——應准說得對，保護百姓才是他們的首要責任，讓區區一個蔣之田逃跑而已，他算個屁？

電腦螢幕前，作者冬至看到劇情精彩處，忍不住嗷嗷直叫。

「怎麼又罵我男主角，雖然他的確不算個屁。

「應隊長當心啊，你後面又來了一波！

「文舞文舞，快開槍，那殭屍要咬到妳脖子了！」

光嘴上吼叫還不夠，她還用小帳跟其他讀者一起在評論區留言——

路人甲：男主角怎麼回事，簡直是個垃圾，居然用罌粟讓人上癮，牢底給我坐穿！

一個無辜的路人：姓林那女的是不是腦子有洞啊，怎麼能把殭屍全都弄到自家地盤來，她就算不在乎別人，但其他避難所同伴的死活也都不管了嗎？

怎麼都是路人撞名了：女主角呢？趕緊出來打殭屍、提升人氣，別老是讓妳的器靈出來舞，我是要看妳還是看器靈啊。

至今沒法升級、在系統界依然是個弟中弟的系統：「……」

這屆的宿主不行啊，不拚命婉拒寫作指導就算了，怎麼還真情實感地開始追文了呢？

「宿主，妳跟我說句老實話，妳綁定我，其實不是為了婉拒寫作指導，而是為了讓創世神代替妳寫作，妳才好心安理得地斷更是吧？」

冬至：嘿嘿，幹嘛把話說得這麼白呢。

為了保住一個作者的基本尊嚴，她決定好歹挽救一下，「哪有，你不是也看見了，我天時地利吃虧，文舞置身那個世界裡，能看準時間修改內容，我才打不過她。」

「真的嗎，我不信。」

系統安靜片刻，也不知道去哪裡轉了一圈，回來道：「我看妳專欄裡有一篇文，被罵得特別慘，這邊建議妳去接著寫完。」

冬至翻了個白眼，認真地糾正它，「婉婉你搞清楚，不是我不寫了才被罵，而是我被罵得不寫了好嗎？」

「這不重要，總之那篇是正常小說，不是真實世界，妳就去接著寫，讓讀者罵，妳可以不去看不去聽，這樣我就可以升級了。」

冬至：「……」

升級過程這麼血淋淋的嗎？

她想也不想地回絕，「我不要，我忙著追文呢。當初我在大綱裡安排了個Boss，本來是打算讓一六八基地被毀，應准以英雄身分成為殭屍王，男主角在殺與不殺之間艱難抉擇。現在被文舞改的，我怎麼看怎麼不對勁。」

系統呵呵一笑，「不對勁就對了，妳是真的沒看出來，還是看出來了，但不敢承認？」

冬至沒好氣地哼一聲，「說人話。」

系統嘆氣，**「妳把蔣之田塑造得太單薄，就是個紙片人，脫離劇情後崩得連他媽都認不得，要變成殭屍王也該是讓他變。人家應准英雄戲路拿捏得這麼穩，說白了就是走男主角的路，讓男主角無路可走。」**

冬至：「……」

就這樣還想哄騙我幫你升級，你先閉嘴吧你！

末世中，文舞、應准等人依靠機甲和配合，將這批殭屍死死攔下，同時發信號彈向基地請求援助。

讓大家意外的是，不僅一六八基地的同伴們火速趕到，離得最近的一六七基地和四葉草避難所也來了不少人幫忙。人多力量大，三方人馬雖然是頭一次合作戰鬥，默契卻絲毫不差。

天亮時，一百多隻殭屍終於全都被爆頭。所有人齊聲歡呼，接著便癱倒在黃沙上，有人甚至呼呼大睡。

太累了，活人打半死不活的，吃虧呀！

忽然，帶隊來幫忙的徐欣怡低呼一聲，「阿茗，你的手臂怎麼成了黑灰色——」

祝茗覺醒的是公認強大的雷系異能，之前一直在最前線戰鬥，儘管他已經很小心地閃避，不料還是中了招。

徐欣怡這一嗓子喊完，更多的人開始驚呼。應准派人快速統計完畢，重傷的七人已經開始殭屍化，此外還有二十三人被咬到或抓傷。

受傷的人還沒有怎麼樣，這些人的同伴已經難過到崩潰痛哭。

每個人都知道接下來會發生什麼事。哪怕明知道這些人沒錯，上一刻他們還個個都是殺敵的英雄，理智上卻說服自己，這是對所有人最好的、也是唯一的選擇。

因為清醒，所以格外殘忍。

「殺了我吧，在我變成一個怪物之前。」有人低聲懇求同伴，因為他沒勇氣自殺。

「小夢，對不起，以後沒辦法陪妳了，但我一點也不後悔今天來幫忙。如果沒人肯站出來，那誰來保護妳和我的家人？」又一個傷者自言自語地在論壇上發文、向女朋友告別，而後發現槍裡剛好剩下最後一枚子彈，彷彿是特意為自己而留的。

低低的哭聲傳來時，文舞正死死地盯著文章頁面，她甚至沒發現，此時的自己已經淚流滿面。

『隨著屍毒的快速侵蝕，祝茗的整個身體已經變得黑灰一片，看起來死氣沉沉。見他默默地舉槍指向自己的太陽穴，徐欣怡死死咬住牙關，不讓自己哭出聲來。

『緊接著，一個又一個傷者或坦然、或不捨地舉槍，準備赴死。

『他們深愛這片土地，還有在這土地上努力生活的人們，一旦殭屍化，他們會變得很可怕，沒有人想成為四季的罪人。』

文舞握筆的手在顫抖。淚水掉落的同時，她將「會變得很可怕」改成了「會變得很沮喪」，同時大呼一聲，「都住手！別開槍！」

彼時祝茗已經扣動扳機，幸虧徐欣怡留了心，聽見文舞的聲音，毫不猶豫地劈手打過去。「砰」的一聲槍響，子彈打進了黃沙中。

文舞知道這不是藏拙的時候，站出來正要為大家解釋，不料她才向前邁出一步，又被應准按了回去。而後就聽應准對所有人道：「我已經發布了免傷規則，大家都不會有事，稍等片刻，看看情況再說。」

這就是他覺醒異能後一直保持低調的目的。必要時候，文舞的行為即便瞞不住，也可以算在他身上。剛剛她既然出手了，以她的本事，相信情況一定不會變得太糟。

在場的人聽得霧裡看花，但至少搞懂了一件事：傷者們暫時不用死了。

隨著時間的流逝，祝茗連雙頰都泛起了黑灰色，身體亦開始發僵。

徐欣怡忍著擔憂和愧疚，親手舉槍對準了他，「別給我開槍的機會，阿茗，否則我不會手軟。」

祝茗吃力地扯出一抹笑容，「我為這樣的妳感到驕傲，別哭了，乖。」

旁邊一個同樣渾身變色的女傷者「哇」地哭了起來，「幹什麼，人家都要死了，為什麼還要被塞一嘴玻璃渣，嗚嗚嗚。」

文舞：「……」

下一秒，祝茗忽然重重一嘆，「我真是個廢物，明明是個雷系異能者，打個殭屍還受了傷，讓妳擔心。欣怡，妳一定嫌棄我了，對不對？」

徐欣怡神色莫名地看他一眼，搖搖頭。她想說不是，你剛才是為了救我才被抓傷的，卻聽祝茗唉聲嘆氣道：「唉，妳不用說謊安慰我，我知道妳就是嫌棄了……」

徐欣怡：「？」

旁邊抱怨被餵玻璃渣的女孩也開始接連嘆氣，「我知道我不夠溫柔，個性大剌剌的，打架比男的還厲害，所以每次脫單都輪不到我。看來是我注定要孤單一輩子了，唉……」

「唉！我不開心。」

「唉，好沮喪哦……」

「唉，鬼知道為什麼，就是想唉。」

傷者人人哀嘆，溫思睿帶著醫療隊和研究團隊趕到時，見到的就是這樣一幅畫面。詭異中透著那麼一絲好笑。

一番檢查後，溫思睿看了滿臉無辜、躲在應准身後的文舞一眼，抽著嘴角宣布，「放心吧，大家都沒事。就是殭屍化後得了皮膚病，心情容易沮喪，後續進行一段時間的身體和心理治療即可。」

眾人：「……」

死裡逃生該開心才對，但為什麼總覺得好像有哪裡不對勁？

回到基地，文舞瘋狂剝削馬梓的勞動力，弄到一桶水，痛快地洗了個澡，清清爽爽。

她剛擦乾頭髮，仙仙子忽然從半開的窗戶飄進來，斯文地大呼，「器靈大人，大事不好了！我在天上授課，發現邊境多了好多殭屍，你們那個俞隊長被困住了！」

文舞一把扔掉毛巾，打開文章頁面——

『蔣之田和林小媛自覺在四季沒了容身之地，一路逃往西面的邊境，再次遇到了那個給他們異能者升級藥水的神祕人物。

『神祕人物彼時正被俞心照帶人追趕著，他情急之下，將一針試劑丟給蔣之田，道：「這是我最新研製的超級藥水，可以讓你的異能進化得無人能敵，拿著！」

『神祕人把鍋甩給蔣之田，轉眼就跑得無影無蹤。俞心照隨後趕到，蔣之田還以為她是來追捕自己的，來不及多想，就往自己的大腿上扎了一針。』

文舞不在現場，又擔心俞心照的安全，急忙試著將「無人能敵」改成「無人不敵」。

雙重否定表肯定，她可真是個小機靈鬼！

然而——沒用，字跡一閃又變了回去，說明這一切已經發生。

文舞拍拍胸口，逼自己鎮定下來，抓緊時間往下看。

『面對在殭屍潮裡負隅頑抗的俞心照，蔣之田冷笑道：「俞隊長，死心吧，我的火焰可以操控這些殭屍，指哪裡就往哪裡衝，妳老實投降還可以少受點罪。」

『見俞心照不理不睬，依舊拚命突圍，他沒了耐性，「如今的我可是殭屍王，妳以為能逃得出去嗎？小的們，給我上！」

『殭屍們毫無自我意識，完全聽命蔣之田的指揮，搖搖晃晃、前仆後繼地衝向俞心照等人……』

生怕來不及，文舞根本不敢多思考，跟隨直覺，將「殭屍王」改成了「殭屍蔣」，緊接著又把「殭屍們毫無自我意識」修改為「覺醒自我意識」。

下一秒，西北邊境上，只聽蔣之田不耐煩地冷哼道：「如今的我可是殭屍蔣，妳以為能逃得出去嗎？小的們，給我上！」

同時覺醒自我意識的殭屍們紛紛愣住，而後停下對俞心照的攻擊，扭頭看向蔣之田。

「殭屍蔣，你以為自己很厲害嗎？我還是殭屍張呢！」

「本殭屍趙為啥要聽你殭屍蔣的指揮，你算哪根蔥？」

「我呸，那我不就是殭屍王了，哈哈哈哈！」

「這麼巧，我也是殭屍王，王不見王，決鬥吧！」

「我才是殭屍王，你們兩個都給老子滾。」

「我也……」

由於「王」是個大姓，殭屍王們誰也不服誰，自己打了起來。

被無視的俞心照等人：「？」

一六八基地門口不遠處的一間磚房中，文舞看著被一群殭屍王狠狠捶了一頓的殭屍蔣，險些把自己當場笑暈。

『殭屍王們先幹掉膽敢對他們頤指氣使的殭屍蔣，而後各自拉攏部下，很快就集結了數十股勢力。幾十波殭屍為了搶地盤，打得昏天黑地，最終優勝劣汰，剩下了三個最強大的殭屍勢力。根據年齡，他們自封為殭屍小王、殭屍大王和殭屍老王。

『值得一提的是，有個自稱殭屍皇的人試圖將三股勢力收攏，不料一查身分資訊，此人複姓皇甫，很快就因為斷章取義而被拖了下去。』

文舞看得津津有味，內容卻到此為止。大概是因為男主角龍傲天被捶暈，所以沒辦法繼續帶動那邊的劇情。

她也不在意，起身活動了下筋骨，伸手抓過一個因為失重、從窗外飄過來的蘋果，擦乾淨後「嘎吱嘎吱」地啃了起來。

抗失重飾品、糖果和甜品如今格外重要，末世百姓度過了最初階段的不適應，如今已經在仙仙子的教導下，學會了如何與失重狀態和諧共存。就連開了智的變異動植物們也紛紛走出原始森林，跑來求購重力物資。

這些傢伙明明進化出吸盤，不懼失重，此舉完全是出於嘴饞。

不知何時，基地裡散養的雪蛛溜達到文舞窗前，盯著她手裡吃剩一半的蘋果，流著口水。文舞哭笑不得，將蘋果輕輕拋出窗外。雪蛛開心地張嘴接住，眨了幾下牠那雙水汪汪的大眼睛，發出稚嫩的童音，「謝謝小舞，妳真好。」

牠「嘎吱嘎吱」咀嚼起來，轉眼滿足地哼了一聲，十分上道地給出討食物的謝禮，「快下雨了，我的八條小寒腿都開始痛了。今年肯定會經常下雨，妳出門記得撐傘哦。」

說完，牠忽然發現不遠處飄著半塊麵包，立刻甩動八條大長腿，眨眼間衝了過去。

文舞把牠的話聽進心裡，想著以防萬一，去司令室對溫司令彙報了大雨將至的情況。

溫司令指著老劉幾個老農，笑道：「來得剛好，我們正在聊搶收的事情，既然妳也說有雨，那應該錯不了了。地裡的玉米、冬小麥、晚稻長得不錯，還有其他一些蔬菜，這次也一併都收割吧。」

很快，命令便下達到全基地。為了趕時間，溫司令甚至召回了遠在邊境的俞心照小隊，上到耄耋老人，下到幾歲的頑童，所有軍民一起投入到搶收行動中。當然了，八、九十歲的老人主要負責坐在田埂上聊天，時不時指點沒下過地的年輕人幾句。

大一點的孩子跟著割小麥、摘玉米，小一點的跟在後面撿馬鈴薯、抱玉米，就連專門照看孩子的變異袋鼠們也加了進來。牠們的育兒袋空間大、能承重，幫忙往基地的糧倉裡運送糧食極為便利，偌大的農田間幾乎時時都能看到蹦蹦跳跳的變異袋鼠。

溫思睿推著輪椅，慢慢移動到麥田旁，看著風吹麥浪，呼吸著陣陣稻花香，感受到了難得的溫馨和寧靜。他忍不住感慨，「我都快忘了，這是末世。」

拎著自製鐮刀走來的應准抿了抿唇，「是啊，這居然是末世。」

有水源、有農田、有美食、有機甲，就連變異動植物也學會上門找工作，這樣的末世簡直充滿了奇跡。

兩人不約而同地看向麥田裡，一身俐落打扮的文舞正輕鬆地揮著鐮刀，快速收割。只聽附近的老人們連聲誇讚：「瞧我們嬌花，一點也不嬌氣，多能幹。」

「是啊，同樣是割麥子，她割得又快又好，一看就知道是老手。」

「那動作跟跳舞似的，不錯不錯。」

應准和溫思睿看看旁邊兩個比文舞動作快了不少的老農，再看看她身後一地七零八落的麥穗，搖頭失笑。這些人，濾鏡有點重啊，簡直是閉著眼亂誇。

應准笑著走到文舞身旁，加入她這一壟地的收割任務中，兩人的推進速度明顯加快。

溫思睿也沒閒著，沿路挑挑揀揀一些發生變異的麥穗、稻穀、玉米等，拿回去做研究，以便培育出更適合在末世生長的農作物。

每個人都找到了適合自己的位置，體現著自己的價值。

秋收剛結束，小雨便淅淅瀝瀝地下了起來。

幾場秋雨後，天氣迅速轉涼，一場突如其來的大型流感沖淡了百姓們豐收的喜悅。

「咳咳咳，趙護士，我來拿點感冒藥，喉嚨痛。」

老劉上了年紀，最怕寒天臘月，很快就成了生病大軍中的一員。

和他情況類似的老人還有很多，其次就是抵抗力稍差的孩童。從論壇上發文的情況來看，這場流感已經迅速席捲了整個四季。

司令室內，幾個部門的大隊長和醫療部的趙愛琴聚在一起低聲談論，大家都在為如何應對這場流感而煩惱。隨身空間裡的藥材足夠，但清洗、晾晒、製藥整套流程下來，至少需要一週的時間，面對全國每日激增的需求，各個基地都開始捉襟見肘。

趙愛琴詳細講述了這些病人的症狀，憂心忡忡道：「我覺得眼下治病不是關鍵，預防更重要。感冒雖然不是大病，但很容易引發其他問題。」

溫思睿想了想，提議，「我們可以盡快研製出低成本的消毒水、洗手乳等，從個人衛生和生活環境上盡量殺菌滅毒。」

應准頷首，「最近變異動植物很少攻擊人類，偷竊、坑蒙拐騙之類的情況反而開始增多，說明牠們變得比以前更聰明了。我覺得有必要同時規範牠們的活動範圍，以免交叉感染。」

溫司令聽完幾人的彙報，溫和道：「先按你們說的辦，條件有限，我們做好力所能及的防護。對了，小舞怎麼沒來開會？」

應准看向門外，「快來了，她說有辦法預防流感，但是遇到一點小問題。」

說話間，一道纖細的身影越過門檻，闖入眾人視線。文舞氣喘吁吁道：「我、我去抓那株變異生薑了，那個小兔崽子、太能跑，請求支援。」

溫思睿不解，「變異生薑？新物種嗎？」

文舞點頭，稍微模糊了說法，「就是我們那片藥田裡長出來的，跟著失重天災一起變異，整天嚷嚷著世界那麼大，它想去走走，比地鼠還會鑽、還會跑。」

趙愛琴目光一亮，「生薑可以驅寒止嘔、溫肺止咳，還能解毒。一旦變異，效果肯定更好，我覺得可以一試。」

溫司令欣慰地看著文舞，「辛苦了，妳好好休息，讓應准帶人進去抓捕那株生薑。」

文舞正有此意，轉眼帶著應准離開，將他和救援隊的人一起送進隨身空間裡。

彼時，變異生薑正被植物學家和一群老農們追得四處逃竄，突然發現又來了好多人，個個還人高馬大，忍不住扯著嗓子大叫，「文舞，妳欺負薑，老子跟妳沒完！」

不管變異生薑吼得多凶，跑得多狼狽，文舞絲毫不心軟。

她心安理得地圍觀片刻，意外聽到徐欣怡的呼喚，當即帶著一批最新出產的重力飾品、糖果和甜品，去四葉草避難所串門子。

徐欣怡如今一門心思撲在避難聯盟的管理和建設上，和救援基地的聯繫也日益緊密，她的做法在聯盟內毀譽參半，每個決策都要面對多方的博弈。

文舞從空間裡瞬移到她身邊時，正巧趕上她和全國各地避難所的代表們開會，看著突然現身的人，吵鬧不休的代表們齊齊驚呆。

「怎麼回事，這人從哪裡冒出來的？」

「瞬移異能者，這個有點恐怖啊，要是手裡拿支槍、握把刀，『嗖』一下就站在人背後，那不是想收拾誰就能收拾誰？」

「看樣子是徐欣怡的人。媽的，她到底還藏了多少底牌，得趕緊通知蔣老大那邊，暫時不能輕舉妄動。」

眾人竊竊私語，目光中有驚豔、嫉妒，也不乏有戒備和狐疑。

徐欣怡將支持陣營、反對陣營、中立陣營三方的反應盡收眼底，心中哂笑。

嚇一跳吧，活該。

今天在場的負責人代表剛好沒人認識文舞，她特意喊文舞在這個時候過來，為的就是給他們一個震懾。文舞的出現方式，讓不久前還在花式挑刺的人紛紛噤聲，而後難得配合地快速通過了預防流感的各項預案。

等打發走這些外人，文舞不解道：「提早做預防準備不是好事嗎，剛才那些人為什麼還滿嘴胡說八道，難不成就是為了替妳找麻煩？」

徐欣怡無奈搖頭，「天下熙熙，皆為利來；天下攘攘，皆為利往。」

見文舞斜著眼瞪過來，她不由得莞爾，「他們眼紅我們避難所的藥草和抗失重道具，暗示我賺的錢應該拿出來分紅，還希望我做個表率，免費供應感冒藥。」

文舞撇嘴，「這不跟當初林小媛他們幹的一樣，恨人有、笑人無，小人嘴臉。」

她邊說邊把帶來的東西遞出去，這些都是按徐欣怡的喜好精心挑選的。

徐欣怡笑著伸手接過，無奈道：「有利益的地方就有紛爭，各個救援基地最初物資短缺時，我聽說那些一把年紀的負責人也會互相算計，設法從中央多要東西。說白了，大家都是俗人。」

「但是救援基地對外一直很團結，對內也是刀子嘴豆腐心，要是沒了大家的接濟，一六八基地早就散了。」文舞替基地解釋一句，剛想提一下變異生薑的妙用，忽然有人急急忙忙地闖進會議室。

只見那人衝著徐欣怡喊：「盟主，不好了，祝茗在邊境附近發現一批感冒藥，挖掘時被境外的武裝勢力包圍，對方人多、火力猛，我們的人快撐不住了！」

徐欣怡顧不上細說，拍拍文舞，暗示她先回去，很快就帶著人驅車趕往事發地點。

隨身空間裡，文舞打開文章頁面，意料之中看到了徐欣怡引發的邊境衝突劇情。

『祝茗本身頭腦冷靜、實力過人，可惜他這次不走運，才剛找到物資，就被境外最臭名昭

著的武裝勢力「四個二」給堵住了。

『之所以叫這個名字，是因為他們的主力由三男一女組成。四個人分別擅長謀略、槍法、格鬥、控水異能，且人人自稱是同領域內的末世第二名。

『徐欣怡以最快的速度趕到，而後才知道自己被騙了，祝茗根本就沒派人求援。兩人簡單溝通後，心裡有了數，這是有人故意設下圈套，把他們引到這裡，和棘手的強敵對上。

『幕後黑手的意圖一目了然：兩敗俱傷，漁翁得利。』

文舞擔心好友的安危，毫不猶豫地出手，將「四個二」改成「四個渣」。

字跡閃爍片刻後恢復原樣，修改失敗。她皺眉，一時間竟無從改起，直到視線移動到最後一個短句上。

是時候來點大動作了。

在末世貢獻點綽綽有餘的前提下，文舞激動地握緊光筆，將最後一句整體改為：

「從天而降的幫手一目了然：殭屍大王，殭屍小王。」

因為銜接上文，這兩位殭屍王自然而然成了徐欣怡和祝茗的外援。

下一秒，邊境地帶某處，四個境外強敵步步緊逼，眼看徐欣怡、祝茗已無還手之力，兩位殭屍王突然從天而降。

有人尖叫示警：「不好，是殭屍王，快逃！」

然而為時已晚，眼前一陣刺眼的白光閃過，眾人只覺耳邊轟隆作響，突如其來的大爆炸威力駭人。

白光消失後，四名境外強敵全部倒地不起，和他們兩敗俱傷的不是徐欣怡和祝茗，而是殭屍大王和殭屍小王。

強敵萬分不解，氣若游絲道：「怎麼可能，這裡根本沒埋任何炸藥，我們甚至還沒開打……」

同樣有氣無力的殭屍大王冷哼，「對王炸你四個二[1]，不服嗎？不服憋著。」

死裡逃生的徐欣怡和祝茗腦子一抽，齊聲誇讚，「好牌！」

敵方四個主力重傷，局面一秒逆轉。

徐欣怡、祝茗帶著同伴們，不費吹灰之力就將剩下的小嘍囉驅逐出境，順利挖掘出一批埋在地底的感冒藥。

「太好了，使用期限還有兩年，這批藥來得太及時了。」避難所的成員們歡呼起來。

以為必死無疑，沒想到峰迴路轉，他們的盟主果然深藏不露，本領通天！

徐欣怡和祝茗無聲對視，用眼神交流。

徐欣怡：『你知道怎麼回事嗎？』

祝茗：『不是妳出的手？』

1 為紙牌遊戲「鬥地主」的術語。「對王」為卡牌中最大的組合，「四個二」則為第二大。

兩人：『……算了，就這樣吧。』

他們一行人將成箱的感冒藥搬上卡車，用塑膠布封住車斗，再往卡車上掛了一串重力手鍊，以免連車帶貨飛走。其餘人用食物僱傭變異公雞，幾個人同乘，很快就浩浩蕩蕩地出發。

文舞看著自己的傑作得意之際，眼前忽然一模糊，底下的內容發生了變化。

蝴蝶搧動了翅膀，是她之前的改動，引發出後續問題——

『殭屍中原本剩下三王鼎力，互相牽制，誰也吞併不了誰。沒想到殭屍大王和殭屍小王出了意外，原本毫無優勢的殭屍老王一下成了受益者，迅速吞併兩方勢力。

『覺醒意識的殭屍也能感覺到寒冷和饑餓，它們不甘於徘徊在貧瘠的邊境外沿，而是盯上了到處是綠洲和農田的四季國土，首當其衝的就是剛剛啟程返回避難所的徐欣怡等人。

『殭屍老王帶著黑壓壓一片小弟，將四葉草的車隊攔下，大跨步上前，霸氣側漏道：「知道我是誰嗎？殭屍老王！知道它們是誰嗎？全都是我小弟！立刻投降，我就留你們一條小命，否則誰也別想活著離開！」』

文舞捏著下巴，苦思冥想，而後握筆修改了兩個關鍵字，雖然但是，有那麼一點點缺德。

下一秒，在邊境地帶行走的四葉草車隊，突然被黑壓壓一群殭屍攔住去路。更恐怖的是，這些殭屍覺醒了自我意識，正在有計畫性地將他們四面包圍。

其中一個明顯上了年紀的男殭屍大搖大擺地走出來，朝他們霸氣側漏道：「知道我是誰嗎？隔壁老王！知道它們是誰嗎？全都是我……誤會！」

眾覺醒殭屍當場翻臉：這個智障，散了散了，它不是我們的殭屍王。

殭屍隔壁老王眨眼間變成光杆司令，被祝茗引雷劈成兩半。

接到救援任務、匆忙趕來的俞心照目睹了全程，抽著一張臉下令，「去，把那些覺醒的殭屍全都抓回來，我們正好找到好幾處金屬礦沒人去挖。」

隊友們滿頭霧水地領命而去，在四葉草成員的協助下激情開戰，順利拿下了群龍無首的覺醒殭屍。

不久後，徐欣怡等人運送找到的藥物，俞心照一行押送抓捕到的勞力，兩方人馬一起踏上歸程。與此同時，在整片四季國土上，還有無數避難所和救援基地攜手互助的事正在發生。

末世之初一度敵對的兩方勢力，不知不覺早已成了親親熱熱的一家人。

他們本就是一家人。

一六八救援基地，各部門的主要成員聚在司令室內開會。

溫司令對俞心照道：「辛苦了，這批殭屍抓得非常及時，既可以防止它們在邊境聚眾擾民、散播屍毒，又解決了我們基地的燃眉之急。」

溫思睿輕笑，「您之前還煩惱我們白找到了金屬礦，沙地容易塌陷，沒辦法深入挖掘。現在好了，塌就塌，十八秒後爬出來又是一隻好殭屍。」

眾人被這個說法逗得哈哈大笑，連聲附和「沒錯」「好主意」。

俞心照又指了指屋外堆著的十幾箱感冒藥，「那些是四葉草避難所贈送的，說是感謝我們去救援，我推不掉就收下了，就是不知道徐欣怡是給我們個臺階下，還是猜到了什麼。」

她知道這是文舞的功勞，別人卻不知道。

徐欣怡猜到幾分不清楚，反正她只說是感謝救援隊，半個字都沒提到文舞。

文舞也想到了這點，畢竟她和徐欣怡因為隨身空間的關係被綁定，兩次升級時還當著她的面臨時修改劇情，身為智商在線的女主角，或多或少也會猜到些什麼。

不過——

「沒事，欣怡如果真的猜到是我幫忙，那她也不是現在才猜到。既然她一直沒有明說，那我們就當不知道，我信得過她。」

文舞的篤定讓大家吃了顆定心丸，他們也是擔心她的安全。

溫司令將挖礦的事安排下去，又派了一名基建工程師前往四葉草避難所，協助他們開展私人的基礎建設活動。

「禮尚往來嘛。」他哈哈笑道。

只要人心凝聚，這個國家就不可能被末世打敗。

「農業、手工業、服務業都有了不錯的開始，金屬礦的挖掘和使用，事關我們重工業恢復的第一步。思睿那邊一定要抓緊研究，找到末世最便捷的生產方法，還要考慮到失重狀態……」溫司令每天足不出屋，操的心卻比滿地跑火車的俞不宣還多。

溫思睿笑著點頭，「您放心，定不辱命。」

這邊會議即將結束，隨身空間裡終於傳來應准的聲音，「小舞，抓到變異生薑了，麻煩送我們回去。」

文舞以去洗手間為藉口，出了趟門帶回了應准。

除了應准之外，隨行人員一律自覺去找異能部的蕭笑笑，申請消除有關「如何出入藥田和工廠」的記憶片段。不止他們，每天出入空間的老農NPC們也是如此。

這並非不信任，而是徵求大家意見後做出的決定。外面不知道有多少眼線在打探基地的藥田和工廠地點，加上還有一個精神系異能者正隱藏著身分，不知道這些機密資訊，反而可以保證個人安全。

溫思睿見到應准此時的狼狽模樣，低聲狂笑。要不是知道怎麼回事，還以為阿准是被小舞從茅坑裡撿回來的呢，哈哈哈哈。

「鬆開老子，快鬆開！老子不發威，你們當老子是病薑？」

短時間不見，變異生薑的個頭長大了好幾圈，正奮力地扭動被五花大綁的身軀。

許諾見狀，也跑去後院拉來一頭變異奶牛的首領。這是最近前來應聘的變異獸，性情憨厚老實，可以每天固定大量產奶，其中包括原味鮮奶、低脂奶、脫脂奶、優酪乳等等，營養健康又美味。如果喝水量比較少，牠們還能生產奶粉和乳酪。

因為牠們的加入，俞不宣的綠皮火車再次成為全國百姓日夜的期盼。

變異生薑見到自由來去的變異奶牛，心裡嚴重不平衡，扯著嗓子大叫，「搞什麼鬼，牠為什麼就沒被綁起來，你們歧視變異植物嗎？」

變異奶牛首領沒搭理它，按照文舞的要求，兢兢業業地往一旁的木桶裡擠了一桶鮮奶，臨走前還衝著它輕哼一聲。

變異生薑禁不住挑釁，突然跳起來狠狠撞向變異奶牛。後者被力大無窮的衛竹子一把舉起來，變異生薑撲了個空，「撲通」一聲栽進一桶牛奶裡。

文舞對著衛竹子豎起大拇指，走上前，一把將試圖蹦出來的變異生薑按回去。

「有沒有湯匙？大家都來嘗嘗，這是我苦思冥想出來的預防流感飲品——變異薑撞奶。」

薑有驅寒解毒功效，牛奶可以增強抵抗力，喝下去頭好壯壯。

眾人：「……」

你一勺，我一勺，大家陸續品嘗過變異薑撞奶後，不僅齒頰留香，更覺得渾身散開一股熱流，溫暖舒適。

變異生薑泡在牛奶裡，不懷好意地笑道：「呵呵，老子的洗澡水味道怎麼樣？」

它意圖讓眾人覺得反胃，不料低估了末世百姓對美食的嚮往。文舞等人不僅沒理它，還又各自舀了一勺。

變異生薑：厚顏無恥的變異人類，簡直氣死薑。

溫思睿帶著醫學專家們連夜分析變異薑撞奶的成分，進行了改良。而後醫療部組織基地的感冒患者及家屬分組飲用，做對照實驗，證明這飲品對流感的確有極好的預防效果。

好消息上報給最高領導人的同時，也通過論壇飛進了千家萬戶，民眾們對國家的防疫措施滿意極了。誰說良藥苦口，這不就不苦了嗎？

為了減少運輸成本、保障飲品的新鮮度，經商議後，溫司令決定開放這塊業務做公益，由各個救援基地自己生產變異薑撞奶。他們一六八基地如今不缺物資收入，人人吃飽穿暖、精神富足，是時候多為末世做貢獻了。

變異奶牛們自己按照分發位置，去新單位報到。因為有出差補助，沒有任何一頭牛不樂意，各基地的人手和木桶也準備就緒。

萬事俱備，只欠東風。

東·變異生薑·風：「都別過來，都給老子後退！把老子切片就算了，一片兩片不夠，還要切成一百六十七片分開泡？門都沒有！」

面對變異生薑聲嘶力竭的控訴，溫司令磨破嘴皮子，曉之以理、動之以情，從流感危害講到家國大義，最終還是只得到它兩個字——

「不行！」

眾人束手無策時，十年資深讀者文舞挺身而出，為它講了一個帥氣的男主角，靠一百六十七個分身稱霸修仙界的故事。末了，她循循善誘，「你看，邪魅魔尊身分被揭露時刺不刺激，清雋謫仙被認出來時酷不酷炫，可愛妖王公布身世時厲不厲害？煉丹大師、陣法大師、煉器大師、符籙大師……你想想，這全都是你啊！」

一百六十七個身分，一百六十七次身分公開的酸爽，這魅力誰能抵擋得住，想想已經有些小激動了呢！

變異生薑這次依舊給她兩個字——「快切！」。說完它等不及文舞找刀具，自己直接揮舞著枝葉「唰唰」切起來，身後迅速堆起一團變異生薑片。

變異生薑完全沉浸在精彩的故事裡，這時仍不忘說一句，「文舞，妳看，這就是朕為妳打下的薑山。」

司令室內響起了熱烈的掌聲，變異生薑頓感豪情萬丈，把自己切出了更多片。

不久後，變異生薑模仿仙仙子，正式為自己取名為「姜薑子」，一百六十七個切片分身被送往全國各個救援基地。

當晚，某基地的一個切片薑泡著牛奶浴、哼著歌，指揮在旁邊伺候它沐浴的僕人，「去，為老子洗一串水晶葡萄剝來吃。」

因為感念變異生薑的奉獻，基地方對它有求必應，也不計較它高高在上的態度。

僕人配合道：「是，我這就去，請您稍等姜姜子大人。」

切片薑：「？

「不對呀，我都切成這麼薄一片了，你怎麼知道我是姜薑子，我還沒揭露身分呢！」

僕人同情地看它一眼，「姜姜子大人，如今世道變了，整個末世就您一株變異生薑啊。」

後知後覺自己隱瞞身分隱瞞了個空虛的姜薑子：「……啊啊啊，文舞妳這個大騙子，妳騙薑！」

變異生薑鬧歸鬧，但切都切了，還能不繼續泡牛奶浴嗎？

它喊得累了，重新蹲回木桶裡，吃了幾顆僕人剝好送到嘴邊的水晶葡萄，舒舒服服地喟嘆一聲，「啊——薑生滿足。」

轉頭一想，這樣的滿足感它還能再享受一百六十七次，頓時和這個末世溫柔地和解。

文舞這個騙子就暫時不和解了，聽說還有好多避難所也在求薑，萬一它又被哄騙切片了呢？

姜薑子覺得自己真是聰明，嘿嘿笑著進入了夢鄉。

它這一覺睡得有點久，再睜眼時，窗外飄起了毛茸茸的小雪花，末世已經由深秋轉為初冬。一六八基地的百姓們穿上厚實暖和的棉衣，紛紛走出門加入自發鏟雪的隊伍，有說有笑，幹勁十足。

「你們聽說沒有，我們的噴磚獸又進化了，噴出來的方磚、瓷磚自帶抗失重效果，還能防水隔熱。」

「哈哈，你這消息太落後，現在已經快進到明年要蓋新學校和醫院的大新聞了，每個基地都有。」

「輸血蚊子怎麼不提。牠們現在不止會輸血、抽血，還能驗血、給出精准的檢查結果，簡直不得了。」

「末世才過了一年，我感覺比我一輩子都精彩，哈哈哈！」

有句農諺說得好：冬蓋三層被，瑞雪兆豐年。

如今遍地是農田，又有了適合在末世生長的作物種子，來年開春播種，到了秋天肯定能大豐收。日子一年比一年有盼頭。

文舞跟著空中的仙仙子一步步堆雪人時，崗哨上的丁萬里忽然高聲示警，「遠處來了成群的殭屍，全員備戰！」

應准聞言面色緊繃，放下鐵鏟快步走出去，沒一會兒又神色舒緩地走回來，朝大家擺擺手。「別擔心，都是覺醒殭屍，說是邊境苦寒，結伴來應聘礦工的。」

文舞朝寇梵、衛竹子、陳留三兄弟使了個眼色，三人立刻陪同基地的HR出去面試，暗中負責他們的安全。入冬以來，類似的情況時常發生，大家已經習以為常。

有一次沒礦可挖了，竟然有覺醒殭屍帶著金屬礦資源點的位置來找工作，著實驚呆了眾人。溫司令派人確認消息屬實，三處資源點裡有一處還是稀有金屬礦，當場任命它為開採部大隊長。

事後他老人家是這麼說的，「這個殭屍很有覺悟，像這樣的屍才應當重點培養，有教無類嘛。」

一句話拉近了普通人和覺醒殭屍的距離，開啟了末世進入和平期的新篇章。

文舞門前的小雪人很快堆好，她撿了兩顆圓圓的石子幫它做眼睛，又從存貨中翻出一根胡蘿蔔，猶豫了一下，沒把它做成鼻子，自己「嘎吱」一口啃了起來。

自從人類學會和變異動植物、覺醒殭屍們和諧共存，她的日子一天比一天悠閒，十天半個月頂多出一次救援任務，還多半是民眾迷路的這種。

思來想去，眼下最忙的還是屬負責抓捕卡卡教授的俞隊長……

系統忽然出聲提示：**「宿主，作者被她的系統騙去另一本填坑，在評論區被罵得極為慘烈，剛剛帶著升級後的系統回來這邊，摩拳擦掌準備恢復更新了。」**

文舞想了想道：「不是我看不起她，都天崩地裂了，她還能接得下去嗎？」

「妳這個問題足以說明妳就是在看不起她，而她就是想證明給妳看，她才是這本書的作者。」

換位思考一下，文舞其實完全理解作者的心情。

她沒再說什麼，將啃得只剩尾巴的胡蘿蔔插在小雪人的臉上，召喚出文章頁面。

點擊更新——『第三十五章、大結局』。

『卡卡教授有個祕密：他其實並非異能者，而是一個大腦異常發達的普通科學家。全身上下最特殊的一點，就是毫無存在感。』

文舞以前因為各種原因，屢次錯過對卡卡教授動手腳的機會，這次看到開頭立刻握筆疾書，將「毫無」改為「極有」。

緊盯字跡片刻，竟然沒被作者改回去。她詫異之餘，急忙跑去論壇上發了篇貼文——

【舉報有獎】徵集卡卡教授行蹤，提供一次有效情報可換取重力糖果一顆，累計三次贈重力甜品，十次加送重力飾品（注：謊報方位，終身禁購）。

而後為了隔空查看效果，文舞再次打開文章頁面——

『因為卡卡教授極有存在感，路上的行人冥冥中似有所感，紛紛回過頭，看向一個和瑞貝卡九成九相似的年輕男人。

『原來卡卡教授是瑞貝卡的孿生哥哥，兩人被β星同時派來，一個對α星實施精神入侵，一個潛伏在此研究生化武器。他之所以回回都能從抓捕中脫身，靠的就是沒存在感，以及即使被發現，也能假裝成妹妹，在粉絲的幫助下蒙混過關。』

「難怪，居然是這樣。」文舞忍不住感慨。

數秒後，論壇上的舉報貼文被飛速洗版，知情者們蜂擁而至。

B1：西南邊境，靠近原始森林有個沙洞，疑似有人夜裡出入（附圖）。

B2：西北邊境周邊，一片仙人掌裡藏著一個洞口（附圖）。

B3：他剛剛往東邊跑了，帶著好幾個手下，沒來得及拍照！

文舞一邊通知俞心照抓人，一邊緊盯自動修復後的變動——

『卡卡教授被救援隊追得走投無路，被迫喝下最後一支異能者升級藥水，變成一隻覺醒殭屍，一路逃到一六八救援基地，混進了剛好聚在門外求職的殭屍群中。

『「呵呵，最危險的地方最安全，挖礦工包吃住、福利好、還有績效獎勵。等我順利混進去，大可以踏踏實實繼續之前的實驗，早晚有一天……哼！」』

看到這裡，她立刻對著應准打了個備戰的手勢。應准和她早有默契，無聲地召集完留在基地內的救援隊成員，牽著她一起往外走，好方便她不用看路，隨時「走神」。

來到基地門外，兩人一眼就發現了極有存在感而不自知的卡卡教授。在他們看來，對方渾身都在閃爍著七彩螢光。

令人意外的是，他身後跟著的不是別人，正是逃匿多時的蔣之田。

文舞立刻看向劇情——

『蔣之田本是打算混入礦場，既能逃避追捕又可以謀個生計，一舉兩得。不料他竟看到了那個害他變成殭屍、還失去控火異能的罪魁禍首。仇恨讓蔣之田再也無法自控，他一把搶過旁邊殭屍剛領到的鐮刀，猛然架在卡卡教授脖子上，「王八蛋，可算讓我找到你了，快把我變回去，不然我就砍了你！」

『卡卡教授被叫破身分，既惱火又絕望。他同樣趁人不備搶過一把鐮刀，衝著蔣之田憑空亂揮，「你敢砍我，我就敢砍你，不信試試看！」』

文舞：「……」

潛逃毒販對上生化怪人，以暴制暴，說實話真不想出手制止。但是她在基地住了這麼久，知道救援隊有自己的一套行事準則。即使兩個人都犯了罪，也該由法律來制裁，而不是以這種械鬥的方式了結恩怨。

想清楚後，她抬頭看去，剛好見蔣之田把搶來的鐮刀架在了卡卡教授的脖子上。千鈞一髮之際，文舞手起筆落，修改完畢。就聽蔣之田罵道：「王八蛋，可算讓我找到你了，快把我變回去，不然我就砍柴！」

卡卡教授惱火又絕望，同樣搶過一把鐮刀，衝著蔣之田來回揮舞，「你敢砍柴，我就敢砍柴，不信試試看！」

兩人雙雙一愣。

下一秒，蔣之田呸地啐了口，「有種，你不給我變回去是吧，我這就去砍柴！」

卡卡教授立刻追上去，「你砍我就砍，誰怕誰！」

兩人爭先恐後地往原始森林走去，和來作客的徐欣怡、祝茗擦肩而過。

徐欣怡目送蔣之田的背影消失，心中驀然一鬆。不知道為什麼，她一直都擔心自己逃不開既定的命運，有一天會再次喪身於殭屍潮，直到剛剛看到蔣之田的改變，她忽而釋然。

這輩子，她真的可以重新開始了。

祝茗察覺到徐欣怡有心事，拉住她的手柔聲道：「欣怡，有什麼事別總放在心裡，告訴我，我和妳一起想辦法應對。」

徐欣怡對他溫柔一笑，一瞬間彷彿找回了上輩子弄丟的，最初那個善良、願意相信別人的自己。

兩人手牽手地走到文舞和應准面前，徐欣怡看了同樣牽著手的兩人一眼，朝文舞俏皮地眨了眨眼。

文舞半天才反應過來，觸電般地鬆開手，害羞地拉著徐欣怡跑到一旁說悄悄話。

「欣怡，蔣之田和卡卡教授去砍柴了，大概就等於勞動教化，接下來我們還得防著那個神出鬼沒的精神系異能者——」

「不用擔心，那個人不會再出來搗亂了。」徐欣怡打斷她，篤定道。

文舞茫然，「妳怎麼這麼肯定，妳知道那人是誰了？」

徐欣怡點頭，「我答應過要替他保密，所以不能告訴妳，但是請妳相信我，那個人真的改過自新了。」

文舞用餘光掃了正在和應准說話的祝茗一眼，想了想便笑道：「既然妳這麼說，那我當然相信了。再說那個人就用變異葵花搗了一次亂，也沒造成什麼損失。」

徐欣怡捏了捏她的掌心，「謝謝妳，我的好阿舞。」

這末世裡很多人都有祕密，就像我重生了、就像不知道從哪來的妳成為了我的火靈和好朋友、就像祝茗為了我迷途知返，小心翼翼地藏起他精神系的異能，只敢以並不擅長的雷電異能示人。我們都在以自己的方式努力地生活，和過去的自己和解，珍惜現在，心中期待美好的未來。

文舞伸手按了按徐欣怡的眼角，揶揄她，「妳怎麼笑著笑著就哭了。」

徐欣怡破涕為笑，「剛才有風，沙子跑進眼睛裡了。」

文．十年資深讀者．舞：「……」

怎麼辦，女主玩我。

壓在心底的三塊巨石徹底破開，文舞後知後覺過程有些太順利。她在心裡道：「妮妮，作者現在是什麼情況，更新了大結局，就是為了讓我隨便改？」

系統偵察一圈回來，聲音古怪，**「宿主，作者為了升級系統，在另一本小說裡強行餵毒，被讀者集體詛咒穿書進去了，暫時顧不上妳這邊。」**

文舞：「？」

確定是暫時，不是永遠嗎？

她心情複雜地走回基地，想著好朋友難得來作客，召喚出文章頁面，將「小雪人」改成「小雪糕」。

字跡閃了閃，變了回去。

修改失敗？怎麼可能，作者不是穿進另一本書裡了嗎？

系統忽然道：**「宿主，作者用最後的能力婉拒了妳的寫作指導，趁機留給妳一句話。」**

下一秒，文舞屋門口的小雪人突然開口說話了。

它嗚嗚哭道：「文舞，對不起我錯了，請妳救救我，我是被冤枉的！」

大結局章最後一段內容忽而一變——

『新書預告：走火入魔的冬至仙子大開殺戒，導致生靈塗炭，終被正道諸派聯手打入無盡深淵，重重封印。陷入沉睡前，冬至仙子耗盡最後一絲靈力，從末法世界召喚來一簇與她因果相連的天火……』

文舞震驚：「?!」

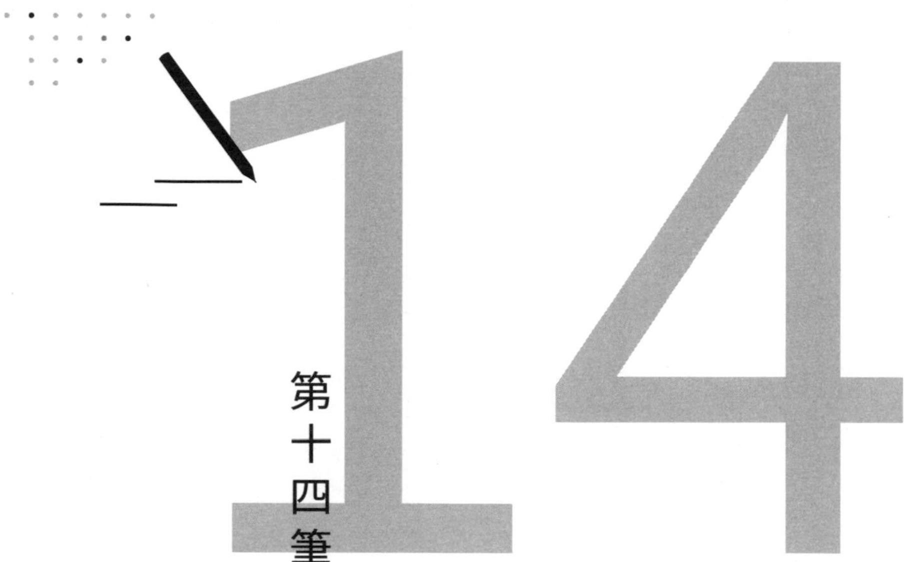

第十四筆

穿書這件事，一回生二回熟，文舞並沒有震驚太久。

感覺身體開始變得異常輕盈，她急忙衝回自己屋內，將所有重力飾品一股腦地佩戴上，又在口中含了兩塊重力糖果，這才抓緊時間和基地所有人告別。

離別總是傷感的，不知道再見是何年何月何日，但文舞的離別卻莫名喜感。

她一點都不浪費大結局僅剩的兩次修改許可權，以及她這一年來積攢的末世貢獻點，最後一次為大家準備了充足的過冬糧食和蔬菜後，又在倒數第二段留下了長長的祝福：

『多年後，文舞重新回到這裡，整個四季、乃至整顆星球都煥發著勃勃生機。小朋友們在老師的帶領下參觀一六八救援基地舊址，看著全國迄今保存最完好的一塊沙地景觀，嘰嘰喳喳地問：「老師，什麼是末世？」

『老師笑著解釋，「九年前啊，遍地都是這樣的黃沙，人們缺衣少食，還要被變異的動植物襲擊，後來……」

『後來，不破不立，向死而生，在所有人共同的努力下，生活蒸蒸日上，末世的希望從來都不是某一個人，而是四季軍民同心協力的團結、永不言棄的信念。』

見文舞終於結束了凌空書寫的動作，溫司令慈愛笑道：「賀禮準備了一頓豐盛的晚餐，大家一起為妳踐行。」

文舞忍著心中的不捨，點點頭入座。

沒有人問她要到底要去哪裡、去多久、什麼時候才能回來。大家傳杯換盞、把酒言歡，氣氛溫馨愉悅。直到文舞身上隱隱泛起金紅色的火焰光芒，所有的重力飾品一瞬間融化消失，她的身體輕飄飄地從座位上飛起來。

溫司令保持著他第一次見到文舞時的慈愛笑容，有始有終。

許諾反復地深呼吸，想要笑著說再見，一張嘴卻「哇」地哭出聲。

丁萬里站在崗哨上朝她敬了一個標準的軍禮，「文隊長放心，我一定守好基地的大門！」

俞心照對著文舞豎起大拇指，「別忘了我教妳的那些格鬥術，注意安全，早點回來。」

俞不宣笑著使勁揮手，「謝謝妳的火車，我會一直開下去的，歡迎妳隨時查崗！」

溫思睿推著輪椅緩緩向前移動，眼眶微紅地溫柔笑道：「小舞，我會想妳的，別忘記我們。」

徐欣怡大聲地和她保證，「妳放心，我們的藥田和工廠，永遠都會由NPC們打理下去，不會有任何改變！」

一向清冷自持的應准握了握拳，目光深邃地望著空中那團火焰，忽然道：「妳的安全一直是由我負責的，不管妳要去哪裡，我陪妳。」

一句「我陪妳」，終於讓死死憋住眼淚的文舞破防。她傷心地哭著卻又開心地笑著，朝所有人道：「機會難得，我為大家跳一支舞吧，這才是我真正的異能。」

說話間，她的身體已經整個化作人形的金紅烈焰，在墨色的夜空中輕盈起舞。

飄散的火花是她的伴舞，絢爛的星河是她的舞臺。

彼時，四季國土上的每個人都看到了這一幕，絕大部分人並不知道發生了什麼事，紛紛指著天空高喊：「快看，是流星，好漂亮！」

「別磨磨蹭蹭的，快許願啊！」

一號基地的最高領導人已經收到文舞即將離開的密報，此時同樣仰著頭，凝望漆黑夜空中那一團耀眼的光芒。他猜想，那個小姑娘或許還有其他需要做的事，但在離開之前，她已經為這片國土做了太多太多。

準時出車的變異公雞、勤懇挖礦的覺醒殭屍……四季不會抹去她曾停留的痕跡，歷史不會忘記她的付出，他們會在未來的每一天默默祈禱，祝願她在另一個地方快樂安康。

金紅色的流星在空中稍縱即逝，有人思念、有人黯然。

文舞本來也滿傷心的，滿腦子都是應准那句「我陪妳」。可路途遙遠，自從系統提前幫她載入出那篇坑文，讓她通讀前情、有個心理準備後，她一下子傷心不起來了。做為一個十年資深讀者，文舞有著豐富的聯想能力，看到文名的一剎那，小心肝就是一顫。

《穿成被仙尊悔婚的白月光女配後，我成了替身女主的對照組》。

穿：說明這本坑文的女主角也不是土生土長，容易仗著女主光環出奇不意。一旦跟她有衝突就是要勾心鬥角，看誰舞得更歡。

仙尊：男主角大概會很霸道，有錢有權還能打。總結一下就是收拾起來有點難度。

白月光女配角：說是女配角逆襲文，但人設肯定是女主角的標配——美若天仙、身分高貴、萬人迷等等，反著理解就對了。

據系統調查，作者冬至之所以被罵到棄坑，就是因為想要塑造女主角穿過來後的種種厲害，強行讓被穿之前的原白月光智商降低。當然，替身做為這本坑文裡的偽女主角、真女配角，智商也穩穩地停留在人類正常線下，這點也被不少人詬病。

強忍住身分複雜、元素過多想棄文的衝動，文舞繼續往下看文案。

哦吼，竟然不是穿書女主角風風火火地經營事業，而是仙尊追妻火葬場？

已經可以想像一盆盆狗血迎頭澆下的畫面——「我愛你你不愛我」「你不愛我我走了」「什麼你說你其實愛我？去死吧」「別跪了親愛的我也愛你親一個」。

文舞：呵呵。

她試探道：「妮妮，雖然我是來救人的，但萬一看了劇情，忍不住跟詛咒作者的讀者產生共鳴怎麼辦？」

別忘了她是怎麼被送進末世的，不就是因為在評論區舞來舞去。

系統：**「……實不相瞞，作者已經走完了棄坑之前的劇情，她自己遭報應，穿的就是那個蠢得要死的惡毒替身。」**

文舞同情作者一秒。在女配角逆襲文裡穿成女主角，那不就是送頭的嗎。

她好奇道：「作者知道劇情，就沒努力自救一下？」

系統輕嘆一聲，**「努力是努力了，但妳也知道她的水準。為了保命，她各種討好仙尊想轉為正主，可惜沒贏過綠茶白月光，下場非常慘烈。」**

想到作者嗚嗚哭著跟自己求救，還被打入什麼無盡深淵重重封印，文舞同情她第二秒。

「對了，友情提示，這次的女主角設定本身就是穿書，已經有自己獨立的思維，和徐欣怡本土重生的情況不一樣，妳記得小心。」

「好，我知道了。」

難得它一口氣提點這麼多，可見白月光女主角之難搞，文舞都跟著緊張起來了。

她收起資深讀者的輕敵態度，認真地從頭開始瀏覽前情。

『蘇夢一睜眼，忍不住打個寒顫，後知後覺自己躺在一張冒著冷氣的透明寒冰棺材裡，周圍跪了一地傷心嗚咽的年輕女子。

『什麼情況，出現幻覺了？這些人為什麼圍著我哭，我上一秒明明還在加班，覺得累，就趴在桌子上睡了一會兒……

『「過勞死」三個字突然蹦出來，嚇得她心頭一震，而後再次看了這間冰室一眼，還有一身古代羅裙、口中呼喊「小姐」的侍女。安靜地聆聽片刻後，她瞳孔微縮——

『她穿書了，是一本被棄坑的狗血仙俠文，原主剛被仙尊悔婚，想不開服毒自盡，這些侍女因為看守不力，被送進寒冰墓穴陪葬。死是不能死的，要死也是別人死——蘇夢這麼想著，緩緩地坐起身，嚇了侍女們一大跳，「呀，詐屍啦！」

『憑藉高超的綠茶技能，蘇夢將替身玩弄於鼓掌之中，最終逼得她走火入魔，被仙尊親手打入無盡深淵。』

文舞看到最後的更新內容時，忽覺周圍的環境一變。浩瀚星空褪去，奢華的殿堂和一眾賓客快速湧現。幾乎在同時，寫作軟體自動更新了接下來的內容——

『文家是玄明宗的附屬小家族，哪惹得起至高無上的仙尊。在長女被其親手打入無盡深淵後，為了賠罪並討好對方，趁著仙尊五百歲生辰宴之際，急忙又送來了和長女有五分相似的么女。文家家主篤定，仙尊不會拒絕這份大禮。要知道，么女雖然和長女只有五分像，和仙尊愛而不得的白月光卻像足了九分，幾乎是能以假亂真的程度！更別說，她還是天火靈根的絕佳資質，和仙尊的單一土靈根簡直是絕配！

『殿堂中，眾目睽睽下，文家么女文舞迫不及待地站到正中心的空地處，想要通過才藝展示，為仙尊留下一個難忘的第一印象。

『這天下沒人不愛仙尊，怪只怪長姐太蠢，沒本事贏得他的憐愛，還被蘇夢那表裡不一的小賤人耍得團團轉，活該落得那個下場，以後看她的吧！

『思來想去，文舞為仙尊獻上了一舞。察覺仙尊的目光看過來，她嬌羞一笑，「此舞有個好聽的名字，名為：眷戀。」』

文舞：哈？什麼什麼什麼？這絕對不能忍！

她咬牙切齒地問系統，「妮妮，在這邊怎麼修改劇情，也需要貢獻點嗎？」

系統應聲，**「是的宿主，規矩和之前類似，每個字需要消耗一個修仙貢獻點。好消息是本系統的等級還在，每章妳仍有五句話的修改許可權，且剩餘的七百個末世貢獻點已經自動轉換為修仙貢獻點。壞消息是，兩界貢獻點的即時匯率為一百比一，妳當前只有七個修仙貢獻點。」**

文舞不知道來這還能兌換，不然她之前——

算了，就算知道，她走之前也會盡量為基地多留東西，本來以為這七百點只能浪費掉，現在有七個已經是意外之喜。

「文家這個么女怎麼站在那發呆，被仙尊的威壓嚇得動不了了嗎，哈哈哈。」

「明知道送來也是給人當替身，玩物而已，文家可真捨得。」

「送便送，送來的還一個比一個蠢，也就是一張臉尚能看。」

「蘇家那位蘇仙子可不是好惹的，想想上一個的下場，這下又有好戲看囉。」

頂著被一群人鄙視的壓力，文舞看著前方的文章頁面繼續「發呆」。終於在仙尊面露不耐時，握住光筆快速凌空劃了幾下。

在末世，都有人想像力豐富地懷疑她凌空畫符，更何況是真正存在符籙之術的修仙界？

當大家都以為她的才藝就是失傳已久的凌空畫符之術，紛紛做出震驚的表情時，文舞已經數著字數，將最後一句「思來想去……」改動了七個字。

下一秒，思來想去，文舞為仙尊獻上了一劍。

只見她「畫完符」，手中憑空出現一把平平無奇的木劍，而後猛然朝仙尊一甩。

賓客們一臉震驚，有侍女甚至嚇掉了手中的果盤。反倒是仙尊本人，淡定地穩坐上位，任由那把木劍擦著他的臉頰，刺入他身後的牆壁內。

察覺仙尊的目光看過來，文舞嬌羞一笑，「此劍有個好看的劍靈，名為：應准。」

仙尊挑眉，「不過是把普通的桃木劍，竟然也能生出劍靈？」

他質疑的話音才落，賓客們忽然盯著他的身後低聲驚呼：「天吶，真的有劍靈！」

「娘妳快瞧，這劍靈長得真好看，比仙尊還好看的那種好看！」

應准站在原地冷靜了三秒，迅速搞清楚狀況，反手拔出他的身體——一把桃木劍，輕輕一躍站到了文舞的身側。

仙尊為了掩飾尷尬，撫掌輕笑，「好極，妙極，文家的么女文舞？妳成功引起了本尊的注意，宴會後自可留下，便如妳所願，給妳一個伴本尊左右的機會。」

文舞：「……」

哈哈哈哈她不行了寫作軟體這霸總臺詞，哈哈哈哈哈！

文舞：「滾。」

文舞這一聲罵，實在是有感而發。她剛才惡補完前面的劇情，從讀者的上帝視角來看，很多至今不為人知的祕密，她都一清二楚。比如仙尊深愛青梅竹馬的白月光蘇夢，為什麼明明對她很好、護她周全，至今卻沒和她在一起，反而接連尋找替身？

那是因為百年前他和魔族的死對頭巔峰一戰，意外中了對方的情蠱，注定這輩子愛而不得，有口難言。不僅悔婚一事乃是迫不得已，就連不停地找替身，以解相思之苦，也是他為了壓制心魔才勉強為之。

同樣穿書的蘇夢怎麼看待這事，文舞不知道，反正她是吐了。

渣就渣，還把自己弄得跟受害者似的，這種垃圾放在現代都沒人會分類。

殿堂正前方的高位上，劍尊被文舞罵得微微一怔，而後勾起脣輕笑，「脾氣還挺衝的，和妳長姐完全不一樣。」

文舞被他這典型的「邪魅一笑」弄得心裡發毛，掃了前方懸浮的文章頁面一眼，果然見後續更新出來的內容不太對勁。

『仙尊心道：文家的長女文歌極為溫柔體貼，說話也是細聲細氣。可惜她就是太認得清自己替身的身分，努力模仿蘇夢的淡定高冷，畫虎不成反類犬，時間一久難免讓人膩味。相比之下，文舞這個小辣椒的性格反而讓他眼前一亮。

『和蘇夢幾乎一模一樣的臉蛋，卻有著截然相反的性格，為了獲取他一絲憐愛，這丫頭顯然動了不少心思。有趣，有趣，拿來解悶最合適不過。反正他也不會真的喜歡這種壞脾氣的女子，這樣既可以壓制心魔，也能讓蘇夢少些不滿，少跟他冷戰幾回。

『「好了，本尊不計較妳的言語衝撞，妳可以留下了。」』

看到最後一句，文舞下意識地蹙眉，心裡問系統，「妮妮，應准是我的劍靈，他殺的魔物算我的貢獻點嗎？」

系統確認完畢後回答：**「算的，劍靈是被宿主以靈魂契約的方式從外界召喚而來，如今被默認為一體。」**

她聞言眉頭展開，立刻朝身旁的應准使了個眼色，神識傳音道：「應隊長，能不能盡快幫我殺掉兩隻魔物？不然我可能會遇到一些麻煩。」

應准早已熟悉她干預未來的方式，在末世是打怪賺取貢獻點，在這邊大概就是擊殺魔物。兩隻魔物，換作以前的他肯定沒辦法立刻找到，然而現在身為天生靈體，他一瞬就捕捉到附近有微弱的魔物氣息，身形一閃，原地消失。

旁人都以為這劍靈是回到了桃木劍裡，不以為意。一把桃木劍能生靈，已是極為少見，普通的靈體根本無法長時間維持人形，他要是一直不走，才是真的叫人生疑。

殊不知，他們胡亂猜測的工夫，應准已經順利擊殺了兩隻低等魔物，而後才悄然地鑽入本體中。

仙尊的五百歲生辰宴在玄明宗的宗主大殿舉辦，來客自然人人備了份大禮，其中有一對魔鸚鵡，雖是未開智的低等魔物，需以人血飼養，卻因其豔麗的外型和超強的模仿能力而極受仙子們歡迎。這樣一對魔鸚鵡，在魔界都能賣出天價，在修仙界那更是有市無價的寶貝。送禮者是聽說仙尊為了哄蘇仙子開心，而四處尋找此物多時，特意在今日呈上。

可惜現在，牠們已經變成了文舞手中的兩個修仙貢獻點。

文舞感應到應准安全地返回劍中，悄然鬆口氣，左手捏起孔雀眼，假裝要翩翩起舞，右手則以同樣的手勢捏住光筆，凌空劃動。

將「妳可以留下了」改為「妳可以離開了」。

下一秒，仙尊默默走完他那一長串讓人手腳蜷縮的心理活動，終於大度地笑道：「好了，本尊不計較妳的言語衝撞，妳可以離開了。」

文家家主謝恩的話頓時卡在喉頭，失望地跺了跺腳，又狠狠瞪了文舞一眼。

仙尊若真的不計較，就衝著文舞這張臉，他怎麼可能放她離開？

擺明是因為那一聲「滾」而動了真怒，卻又礙於面子，不便和一個小丫頭斤斤計較，這才破天荒地讓人滾蛋。這個文舞，真是白白養了她這麼多年！

文家家主自覺長女和么女接連惹惱仙尊，自家地位不保。這回不用仙尊動手，主動開口喝斥：「孽障，既然妳如此不識抬舉，那便也從我文家滾出去。天地可證，即日起妳我斷絕父女親緣，再無瓜葛！」

反正也不是他親閨女，不過是小時候看著有幾分蘇仙子的影子，便撿回來胡亂養大的孤女罷了，沒用了丟掉便是，還能向仙尊表表忠心。

仙尊本以為自己口誤，結果被文家家主一番搶白，他反而拉不下面子改口，心裡窩火得要命。眼睜睜看著文舞高高興興地離開，他冷哼一聲起身，拂袖而去。

眾賓客都以為他是被文舞那一聲不知天高地厚的喝罵給惹惱，文家家主更慶幸不已，跟夫人低聲炫耀道：「好險，幸虧為夫反應及時，在仙尊開口降罪之前，毫不猶豫地將那孽女逐出家門，否則連我們家也要跟著受牽連。」

文夫人投去讚賞之色，「還是我夫君最為機敏。」

這事傳到蘇夢耳中時，她正在布置奢華的閨閣，擺弄一排小巧精緻的琉璃瓶。瓶子裡鮮紅的液體，是她特意花靈石買來的新鮮人血。今日有人送了仙尊一雙魔鸚鵡，那人必定會來借花獻佛，因這魔鸚鵡長得像極了她穿書前家中養的那對，她對牠們勢在必得。

「小姐小姐，奴婢打聽到了，據說那文舞下了大殿，無處可去，居然跑去不入流的小宗門參加弟子考核。因為測出單火靈根，還真被她考了進去，可是呀——」

「她又被趕走了，對不對？」蘇夢淺笑輕語。

「哎呀，果然什麼都瞞不過小姐您！人家一聽說她惹惱了仙尊，本來都收她進內門了，轉頭又把她逐出師門。一天之內接連被逐出家門和師門，小姐您說好不好笑？」

侍女繪聲繪色地講完，忍不住面露譏諷，「哼，也不看看她自己什麼貨色，十六歲了才練氣三層的修為，這樣不學無術的草包，竟然也敢肖想我們仙尊大人。她呀，這次徹底成了我們修仙界的笑話，活該。」

蘇夢無奈地搖頭，這些侍女都被她寵壞了，說起話來口無遮攔。

可她願意寵，又有誰能管得了呢？整個修仙界就耿玄玉一位化神仙尊，所以大家都直呼「仙尊」二字，以示他的獨一無二，根本不需用姓氏、道號來區分。

滿天下修為能和他匹敵的，除了魔界的魔族少主、妖界的妖王，再無旁人。

魔族少主當年跟仙尊一戰，傷了雙腿，自此從未在人前露面，也不知是不是傷得太重。妖界的妖王嗎，用現代的話來說，就是個邊緣人，從來不摻和仙魔兩界的恩怨。總而言之，修仙界沒人敢惹玄玉仙尊，而她在仙尊心中的位置無可取代，自然有資本恃寵而驕。

「好了，不說她了，快去看一下我為魔鸚鵡訂製的魔晶籠子做好了沒。」

為了吸引仙尊的視線，竟然口出狂言。在她看來，這個文舞還沒她那個會裝模作樣的姐姐文歌聰明。至少那個女人知道仙尊喜歡什麼樣的女子，賣力地模仿自己、討好那個男人，若非感覺受到了威脅，她最後也不會親自出手。

侍女聞言福了福身，「是，奴婢這就去。嘻嘻，今天真是好事連連，討厭的人走了，小姐的魔鸚鵡卻要來啦。」

蘇夢也笑。今天的確是好事連連。

本來聽說文家這個女人和她像足九成，她還滿反感的，現在反而只剩下看笑話的心態。仙尊那樣霸道的男人，怎麼會允許長得像她的人，將來對別人投懷送抱？再者說，他那些愛慕者也沒一個省油的燈。文舞那張臉看來是保不住了，唉，真是個可憐的姑娘。

文舞見識了小宗門門主翻臉不認人的神速，被宣布逐出師門後便要離開。哪料這小門主的女兒沒多久便從後面追上來，不由分說地拉著她去城裡最好的客棧用餐，錢當然是對方出。

席間，門主女兒道：「都怪我爹爹趨炎附勢，讓妳受委屈了，我來就是想當面跟妳致歉。」

她以茶代酒，自罰一杯。

文舞笑笑，「孟小姐說得對，你們的確該跟我道歉。」

說完，她欣賞著對方氣得要死、卻拚命忍耐的扭曲表情，差點忍不住笑出聲。

目光隨意掃過剛更新的下文內容，眸色剎那間轉深。

『孟美鳶沒想到文舞會這麼不客氣，一時恨得咬牙。但轉念一想，她可不就是個傻子，才會對仙尊出言不遜？

『不行，她要忍住，必須按原計劃安撫文舞，只要這蠢丫頭等會兒乖乖進了她為她精心備下的客房，保准她過了今日便會身敗名裂，再也無顏糾纏仙尊大人。』

賭上十年資深讀者的驕傲，她不用往下看也知道，客房裡還能有什麼？野男人唄。

文舞一口氣又點了好幾道貴得要死的菜品，狠狠敲了孟美鳶一頓，還趁對方假意如廁，實則去準備陷阱之時，把應准喊出來一起品嘗。

酒足飯飽後，應准道：「那個人不懷好意，要不要我留在外面陪妳？」

劍靈雖然藏身於劍，但外面發生了什麼，他只要願意就一樣能看得清清楚楚。

文舞對他眨了眨眼，「現在還真有一件事，只有你才能替我搞定，靠你啦。」

她墊起腳尖、靠在應准的肩膀，附在他耳邊一陣嘀咕。

應准耳根微癢，抿唇斜看她一眼，默默地聽了下去。

不久後，孟美鳶回到包廂中，看著風捲殘雲一樣的席面，暗笑文舞比豬還能吃。

吃吧吃吧，反正也是最後一頓了。

「文舞，我突然想到妳離開家也沒地方可去，所以幫妳訂了這家客棧的天字型大客房，保證安全又舒適，妳放心去住吧。」

「好啊，帶路吧。」

孟美鳶：「……」

真是不矜持，枉費她為了說服這草包，還特意準備了一大堆的說詞，沒想到這麼簡單就上鉤了。她撇了撇嘴，朝門外的侍女使了個眼色，對方先一步離開。

文舞跟著孟美鳶來到客房，被對方按在床榻上坐好，順便打開文章頁面快速掃了掃。

『孟美鳶的侍女很快便帶著一群人衝進客房，就見孟美鳶泫然欲泣，指著藏在床下的半裸男人，衝著文舞聲淚俱下地控訴：「事已至此，我就成全你們這對狗男女，你們立刻給我滾出去！」』

嘖，全都是一個套路。她握筆將所有的「我」和「你」互換。一共四個字，四個修仙貢獻點，修改成功，說明應准不負所托，短時間內已經斬殺了足夠的魔物。

下一秒，孟美鳶的侍女帶著一群人氣勢洶洶地衝進來，「請大家幫忙做個見證，我家小姐可太委屈了！」

孟美鳶當即衝上去，一把拽出藏在床底下的半裸男人，衝著文舞泫然欲泣道：「事已至此，妳就成全我們這對狗男女，我們立刻給妳滾出去！」

眾人：「……」

真是世風日下，這是哪家的小姐，和野男人出來約會被旁人撞破，竟然也有臉喊委屈，還讓丫鬟出去叫來這麼多路人做見證。

文舞點點頭，「好啊，孟小姐請便。你們倆放心，我剛才進來得太匆忙，真的什麼也沒看到，也不會跑去孟門主那裡告密。」

路人甲：「原來是城西那位孟門主的千金，我就說怎麼看起來這麼眼熟。」

眾人恍然。

孟美鳶：「！」

孟美鳶眾目睽睽下賊喊捉賊，在自己身上潑了盆髒水，頓覺羞憤欲死。她氣得一腳踹開地上的半裸男子，帶著侍女們狼狽離開，走之前還沒忘狠狠地瞪了文舞一眼。

文舞毫不在意，等圍觀路人散去後，不緊不慢地找到客棧老闆退房，「錢不用退，正好跟你打聽一件事。」

客棧老闆本來還有點不高興，一聽不用退錢，立刻笑呵呵道：「好說，仙子想問什麼，不是吹牛，這十里八鄉就沒我不知道的事。」

「你有沒有聽說過一個地方，叫無盡深淵？」

客棧老闆聞言，上下打量文舞片刻，一臉果然如此的表情。看在白得了一個月天字號房費的面子上，他低聲道：「仙子可也聽說了那裡似有天火現世的傳聞？」

文舞想到什麼，不動聲色地點點頭。

客棧老闆一下子來了興致，「這事妳算問對人了。不久前仙尊處罰了身邊一個走火入魔的妾室，就是一掌將人打入此地的。」

文舞故作疑惑，「難不成是文家的大小姐，文歌？」

「沒錯，文歌，好像是叫這個名字。」客棧老闆說得眉飛色舞，手舞足蹈。

「據說那女子掉下去後，也不知觸發了什麼禁制，當時整個深淵都燒了起來，火光漫天。嘿呦，這是有強大的天火至寶現世的徵兆，不過那地方一旦封印，就算是仙尊本人也進不去。只能等個三五八年，待封印鬆動後，眾人再合力開出一道縫隙，入內尋寶……」

文舞整理了下思緒，在心裡對系統吐槽，「不是吧，所以我得找地方等個三五八年，才能進去無盡深淵救人？」

系統嘗試去寫作軟體那裡偷窺，結果「哎呦」一聲被拍回來，委屈道：**「好像是這樣，寫作軟體遵循世界邏輯，妳就算強行修出一個無盡深淵來，它也會圓成一個名稱重複的地方，裡面不會有作者。」**

寫作軟體不會干涉她的修改，卻要保證這個世界的邏輯不崩塌，那不就跟天道沒兩樣嗎？文舞若有所思。

另外，假設時間線如下：她是不久前被作者、也就是冬至仙子召喚過來，最初是以火靈姿態在無盡深淵內出現，而後又是經歷過什麼，怎麼搖身一變，成了文家的么女？

從客棧告辭離開後，她一直在琢磨這段起始劇情的奇怪之處。

「妮妮，為什麼我完全沒有拜壽之前的印象？」

系統道：**「因為妳在末世磨蹭著不走，所以當時只出現了天火現世的徵兆。不過也幸虧妳動作慢，才沒被仙尊等等的正道修仙者，跟冬至一起封印在深淵裡。」**

文舞梳理一遍，依然有不解的地方，「那我是直接取代了文家的么女嗎？可是我照過銅鏡，這張臉就和我以前一樣，難不成我天生跟作者小說裡的女主角撞臉？」

系統：**「……宿主，做為一個資深讀者，妳為什麼要帶腦子看文？」**

文舞：「……謝謝，你完美解答了我所有的問題。」

這件事自此揭過不提。文舞臉上勾起一個尷尬又不失禮貌的微笑。

玄明宗因為有耿玄玉這位化神仙尊，是修仙界當之無愧的第一大宗門，其所在的群山更是貫穿了一整條靈脈，門內靈氣濃郁，是修仙者夢寐以求的修煉之地。

來拜師的人並非個個都能通過考核，這些人又不願走，久而久之，山腳下便形成一座繁華的城鎮。城內仙凡混居，人傑地靈，名曰：日月城。

日月兩字是由「玄明宗」中間的「明」字拆分而來，以示尊敬。

文舞漫無目的地走在城中街道上，隨意看著路邊擺攤售賣的靈丹妙藥、符籙陣盤，多少有點打不起精神。「應准去了那麼久，怎麼還不回來……」

雖然這裡的每一樣東西都很新奇，處處充滿新鮮感，可她卻莫名懷念起末世的一切。

天上飛過一架獨角獸拉的華麗馬車，她腦子裡冒出愛討價還價、可愛又機靈的變異公雞。她飛走的時候，她那隻專雞蹲在牆角哭得上氣不接下氣。

茶館裡有人上臺說書，她立刻想起那群笑死人不償命的敬業諧星，就連人群中走來一個長得極好看的年輕男子，她都立刻想起應隊長——

哦，這就是應隊長啊。

文舞剛才落寞的感覺一下子煙消雲散，瞬間揚起燦爛的笑容，歡快地迎著他跑上前。

應准長著一張引人注目的臉，眉眼清俊、目光深情，在末世時就很受女孩子們歡迎了。為了避免不必要的麻煩，他總是一臉嚴肅，拒人於千里之外。不料這禁欲的氣質，到了修仙界更加惹眼了，所過之處驚呼聲陣陣，一路上竟有七、八個女子尾隨而來。

應准餘光掃視周圍，微微蹙眉，朝跑過來的文舞伸出手，「抓緊，我們離開這裡。」

牽手而已，文舞早就習慣了。她大方地把手伸過去，手被應准握住的剎那，他忽地輕輕一用力，一把將她攬在懷中。

心跳突然加速，文舞一瞬呆滯。

沒等她回過神，應准已經把她打橫抱起，腳踩桃木劍、馭劍而飛。

人群中一陣低呼聲，尾隨他的幾個女子更是氣惱地跺腳，「那劍修好生過分，怎的說走就走，人家白白跟著他跑了一路。」

「小姐別惱，那劍修就是不解風情。他懷裡那女子才練氣三層修為，哪及小姐的二分之一？」

小姐：「……芍藥，妳家小姐我近百歲才練氣七層，在妳眼裡是件很值得炫耀的事嗎？」

小丫鬟吐了吐舌尖，忽然指天嬌呼，「呀！小姐您快看，那個劍修被人攔下了。攔他的人雖然沒他好看，可是好像有幾分眼熟？」

被喚作小姐的人一把摀住小丫鬟的嘴，「噓，妳不要命了，那可是仙尊大人。」

她話音剛落，周圍已經傳出此起彼伏的驚呼聲。

年輕女子們為仙尊強大的威勢所沉迷，凡人們更是將他當做仙人跪地膜拜。

半空中，玄玉仙尊滿意地看著這一切，而後勾唇輕笑。

『只見他輕抬鳳眼，高高在上地朝應准懷中的文舞伸出手。等了片刻，見她沒反應，這才不悅道：「文舞，如妳所見，本尊是特地來接妳的，跟我走吧。」』

文舞看了文章頁面一眼，又看了看玄玉仙尊裝模作樣伸出的手，來不及跟應准溝通，急忙握筆修改。

把「接」改成「罵」，「跟我走吧」改成「給我滾吧」。

下一秒，玄玉仙尊等得不耐煩，皺眉不悅道：「文舞，如妳所見，本尊是特地來罵妳的，給我滾吧。」

地上五體投地的凡人們心中驚懼：仙尊似乎不像傳說中那般和藹可親，反而很凶的樣子？

被迷得神魂顛倒的女子們也猛然回神：仙尊原來這麼小肚雞腸，特地跑出來罵人？

高冷男神的濾鏡碎了一地。

文舞瞥了更新出來的後續內容一眼，控制住哈哈大笑的衝動，一臉傷心地將頭埋進應准懷裡。「阿准，我們快走吧，免得在這裡礙別人的眼。」

應准無視仙尊那張明顯不贊成的臭臉，駕馭著桃木劍「嗖」的一下飛遠。

玄玉仙尊：「……」

不算妖界的妖王、魔界的魔族少主，他乃這修仙界當之無愧的第一高手，所以被人精神操控這種可能性，說出來簡直讓天下的人笑掉大牙。

那他剛剛為什麼會控制不住嘴巴，而且是第二次？

莫非是這個文舞有什麼特別之處，讓他無端地想要疏遠？

究竟是為什麼呢？

仙尊越想越好奇，忍不住吩咐心腹手下，「去，由你親自監視文舞的一舉一動，定期向我彙報。」

「是。」

「等一下，注意別走漏風聲，免得蘇夢又多想。」

「是！」

確定仙尊再無其他叮囑，黑色的身影一閃，追著文舞和應准離開的方向而去。

半空中，應准懷抱文舞，飛得時快時慢，有時還突然加速，再接著一個急轉彎。

尾隨的黑影起先只當這劍靈靈體不穩定，後來見他一直沒消散，又懷疑他腦子有問題。

直到最後他因為飛暈了而哇哇大吐，身體不受控制地從天上墜下去，他終於明白了——腦子有問題的不是劍靈，而是他。他被那兩個人給耍了。

天上傳來的女子大笑聲，就是最好的證據！

「哈哈哈哈哈，我不行了，應隊長你好會啊，你怎麼想得到能這樣整他，哈哈哈！」

文舞在應准懷裡笑得扭來扭去，像隻不老實的蠶寶寶，嚇得應准不得不將人抱緊，免得她樂極生悲，跟著對方一起掉下去。

他這一抱讓文舞意識到，他們這個姿勢好像有點……太親密了？

應准不知道她在胡思亂想，看著下方剛出現的一座城池道：「我們接下來要去哪裡？」

文舞：「……」

應隊長說話的聲音也好好聽，低沉清冽，以前怎麼都沒發覺？

「文舞？」

「啊，應隊長，你叫我？」

應准看著她飄忽的目光，笑了下，「阿准，以後就像剛才那麼叫我。應隊長聽起來不像劍靈。」

文舞覺得有道理，試探地喊了聲，「阿准？」

「嗯。」

「那你叫我什麼，小舞嗎？」

「好。」

「阿准阿准阿准？」

「……」

應准沒理他，嘴角卻不自覺地揚起，神識控制著桃木劍，又穩又快地降落在城門前。操控神識和使用精神力沒什麼差別，他已經駕輕就熟。

應準將文舞放下站好，低聲解釋道：「那個人修為不弱，很快就會追上來，在天上飛太顯眼，我們先暫時進城避一避。」

文舞乖巧地點頭，「阿准說得有道理，我都聽你的。」

修仙界的各大城池上空一律禁飛，能無視禁令的，至少也是元嬰修為及以上的大師。整個修仙界就一個化神仙尊，元嬰道君也是屈指可數，所以排隊進城才是絕大多數修仙者的正常路線。

跟著隊伍慢慢往前移動時，文舞總算有充足的時間和應准解釋眼下的狀況：「抱歉，突然把你叫過來，你的消失有沒有嚇到溫司令他們？我當時一個人有點慌，下意識就那麼做了。」

應准笑著搖頭，「妳能第一時間想到我，我很高興。還有，當時所有人都聚在一起，看我飛起來時嫉妒得不得了。俞隊長和思睿要我傳話，之後如果有機會，可別忘了他們。」

文舞覺得又好笑又心酸，使勁點頭。

「我來這裡其實是為了救文家的長女，文歌，她走火入魔後被封印在無盡深淵，距離開啟還要等好幾年……」她將兩人即將面臨的難題悉數告知，又道：「因為天道的限制，我的能力也不方便濫用。接下來我們得先找個容身之地，一邊修煉提高自保能力，一邊賺靈石養活自己，還要查一下文歌走火入魔的內情——天吶，好多事情要做。」

應准揉了揉她的頭，「別擔心，有我在，交給我就好。」

兩人順著隊伍往城門口走，因為人多擁擠，應准伸手牽住了文舞，見文舞低頭偷笑，他不自覺也彎了彎眼角。

應准繳了兩塊不知從哪裡弄來的下品靈石後，兩人順利進城。

此處名為「綿陽城」，和咩咩叫的綿羊並沒關係，而是因為毗鄰的山脈上有一個丹陽宗、一個綿劍宗。

文舞雖然在日月城內被孟家小看了，但那點小挫折算什麼。如果輕易就放棄，那她就不是她了。「阿准，我們先去綿劍宗試試看，怎麼樣？」

應准頷首，打聽好方位，兩人很快便來到綿劍宗門前——已經引氣入體的散修若想加入宗門，只需通過宗門內設的考核即可。

很快，一個方臉一字眉的中年劍修走出來，上下打量文舞和應准一遍，沉聲道：「你們倆誰是來考核的？」

一個練氣三層，一個看著像是沒修為，感覺都不怎麼可靠。

文舞舉手，指了指自己，「是我！」

中年劍修伸手一指旁邊的空地，「去那邊舞一個劍給我看看，別藏私，拿出妳的看家本領來。」

文舞想了想，讓應准靠邊站，自信滿滿地拿起桃木劍，跳了一支霓裳羽衣舞。

因為身體輕盈，和當初的仙仙子一樣會飛，她超常發揮，一支舞跳得如夢似幻。

最後一個動作結束，周邊響起零零落落的掌聲，不僅應准很捧場，就連守門弟子和考核負責人也下意識地鼓起了掌。

考核負責人反應過來，抽了抽嘴角道：「這位小仙子，舞是好舞，劍也是把好劍，但妳修煉的方式和我綿劍宗似乎不符，妳且自行離去吧。」

文舞輕輕一嘆，「知道了，謝謝指教。」

她走回應准身邊，「我們再去丹陽宗碰碰運氣吧。」

應准點頭，伸手把她打橫一抱，踩著桃木劍平穩地起飛。

中年劍修愕然，「這位道友，莫非已經是築基修為？」不然怎麼能馭劍飛行？

文舞看應准在專心馭劍，替他回答：「不是啊，他是我的劍靈，我如今練氣三層。」說話間他們便「嗖」的一下飛遠，變成天際的一個黑點。

中年劍修點點頭，「哦，原來是劍靈啊……」

劍靈?!

啊！

中年劍修又激動又懊悔地衝回去找掌門稟報時，文舞和應准已經徐徐降落在丹陽宗門前。這次的考核負責人是個婀娜的女修，她本來興致缺缺，一看見文舞立刻雙眼一亮。

「原來是妳，我想說妳罵完仙尊之後跑哪兒去了，我師父正缺個燒火丫頭呢，快跟我來。」

「燒火丫頭」雖然聽起來不像話，但女修的眉眼卻盡是歡喜，毫無輕視之意。

文舞和應准對視一眼，當即跟著她往宗門內走。

知道她罵過仙尊還不在乎的，這可是條大腿呀！

守門的弟子攔了一下，一臉無奈道：「張師姐，妳又偷懶。上次那個什麼都不會，才進門就被胡長老整團整團地丟出來，我們也跟著受牽連，這次妳好歹考一考啊。」

張仙子不在乎地揮揮衣袖，「這次不一樣，這丫頭可是天火靈根，平時求都求不來。放心，等會兒我師父不僅不罵你們，還會大大的獎勵你們，走了！」

她風風火火地在前面帶路，文舞朝兩個守門弟子笑了笑，拉著應准的手追了上去。

丹陽宗獨占一條地火山脈，宗內弟子平日煉丹，皆可免費取用地火，方便得很。但有利就有弊，一旦地底的火靈脈不穩，丹師們就容易炸爐。

文舞和應准跟著張仙子飛上凌火峰，剛走到胡長老的洞府門前，就聽裡頭「砰」的一聲炸響，一股濃煙滾滾而出。

「咳咳咳，師父，咳咳，你看我給你帶誰來了，是你盼望已久的天賜燒火丫頭啊！」

張仙子撲進黑煙裡，不久便扶著一個臉上黑一塊灰一塊的老者走出來。

老者剛炸了丹爐，心情正差，聞言沒好氣道：「什麼天賜燒火丫頭，她能讓我這洞府裡的火別燒了，把我好不容易攢下的靈草還來嗎？」

張仙子衝著文舞擠擠眼。

文舞：「……」

是什麼讓妳產生了我無所不能的錯覺？

想到自己好歹是天火火靈，文舞試著跟裡頭呼呼燃燒的地火商量道：「寶貝們，別燒了，把靈草送出來還給這位長老，好嗎？」

胡長老：「？」

徒弟，妳這是哪兒找來的智障？

張仙子：「……」

不是，我是暗示她衝進去救靈草以表誠意，沒想到她不按常理出牌啊。

下一秒，被火焰吞沒的洞府忽然一靜，瘋狂作亂的地火們凝聚成一隻火鳥，銜著一株通體墨綠的靈草飛了出來。飛過胡長老身旁時，火鳥將口中的靈草一吐，「呸，臭老頭，會不會燒火，不會就滾回外門去學。」

而後它飛到文舞身前，當場換了一副討好的嘴臉，「這是哪來的小可愛，想不想玩火，有空來玩我呀~」

文舞：「……」

胡長老拍了拍張仙子的肩膀，「愛徒，幹得好，這的確是天賜燒火丫頭，就是她了！」

第十五筆

「胡不方胡長老舉辦收燒火丫頭大典，凡到場者下品靈丹隨便吃，前一百個恭賀的人贈一枚中品靈丹，典禮結束後還可以參與抽獎，獎品是上品靈丹一枚！」

這個消息如同插了翅膀，眨眼間飛遍丹陽宗上下，十幾個峰頭的上千弟子成群結伴地跑來湊熱鬧。

他們都是丹師，難道沒見過靈丹嗎？

不，他們是沒見過收得這麼誇張的燒火丫頭啊！

「聽說還是個天火靈根，比流火峰的小師妹靈根更純淨，資質更強大。」

「呵呵，十六歲才練氣三層，不是懶就是蠢，難怪只能當個燒火丫頭，玲瓏小師妹跟她同齡，聽說已經在準備閉關築基了，那才是真正的天縱奇才。」

「胡長老的燒火丫頭，你以為是誰都能當的？他可是整個修仙界最驚才絕豔的煉丹大師。若說有人能煉出極品靈丹，非他莫屬，聽說就連仙尊私底下也有求於他。」

「要不是胡長老跟仙尊有舊，誰敢收下這個燙手山芋。你們還不知道吧，她就是那個冬至仙子的妹妹，在仙尊的生辰宴上出言不遜被趕走，仙尊氣不過，還追出去罵呢……」

這些小弟子平日閒來無事，最愛聊的就是修仙界的八卦。站在權力巔峰的玄玉仙尊和素有「第一美人」之稱的蘇仙子，他們之間的愛恨糾葛，自然每每都會被提及。

說者無心，聽者有意。前來打探消息的侍女提著裙子跑回流火峰，對正在挑揀靈草、萃取靈液的玲瓏仙子恭敬道：「小姐，奴婢打探清楚了，胡長老剛收的燒火丫頭名叫文舞，的確是惹惱仙尊、被趕出來的那個，也是單一的火靈根。但是他們都說……說……」

玲瓏仙子斜睨她一眼，「有話直說，別來這套，我又不會遷怒於妳。」

「是，婢子知道小姐心善，只是那些人說得太過分，婢子一時說不出口——他們說，那個文舞的靈根比小姐更純淨，相貌也……」

玲瓏仙子聞言，果然臉色一黑。靈根和相貌，這兩樣是她向來引以為傲的資本，同時被一個名聲臭掉的燒火丫頭比下去，這誰受得了？

蘇家家主的掌上明珠蘇夢常年壓她一頭，她家世不如、修為不如，最重要的是她沒仙尊的寵愛，這便罷了。文家的文舞，還是個半道收養的孤女，連給蘇夢當替身都被嫌棄，她算什麼，也配跟她相提並論？

「劈啪」一聲，玲瓏仙子分心，放錯了一株靈草，丹爐裡正在萃取的靈液迅速變成了黑色，「咕嘟咕嘟」冒著泡，看起來成了劇毒無疑。

她閉了閉眼，沉聲道：「走，既然這麼熱鬧，那我們也去瞧瞧。」

胡長老身為凌火峰的峰主，典禮自然在峰主大殿舉辦。

彼時，文舞已經從張仙子口中得知了她這個燒火丫頭的重要性。

重要到哪怕她狠狠得罪了仙尊，只要地火認她一日，丹陽宗上下便會全力保她一天。

張仙子原話這麼說的：「師妹放心，別說我們丹陽宗離不開這條地火靈脈，就是隔壁的綿劍宗、再遠一點的炎器宗，不論鑄劍、煉器，誰都離不開地火。憑妳對火元素的親和力，日後只需要安心燒好妳的火，保證性命無憂。」

文舞表示：「多謝張師姐提點，我一定會成為全修仙界最閃亮的燒火丫頭。」

「師妹好志向！」

師姐妹倆就這麼愉快地決定了文舞未來的修煉道路：燒火。

一直默默旁聽的應准：「……」

算了，小舞在末世裡已經做了那麼多，這次換他來解決問題，她只要開心就好。

同一時間，消息也傳入被應准甩掉的那位仙尊手下耳中。

他不由得慶幸，自己總算沒真的跟丟目標，立刻傳訊將此事告知仙尊。

彼時，玄明宗內正亂哄哄一片，所有人都在找鳥。生辰宴結束，賓客散去，然而負責收禮的管事此時方才驚覺，那對仙尊尋覓已久、蘇仙子一直想要的魔鸚鵡居然沒了！

死了好歹還能留下屍體，沒了那就是真的毛都不剩！

管事一臉懊惱地跪在仙尊面前，額頭已經磕得殷紅一片，「仙尊大人有大量，小的卻不能饒過自己的疏忽職守，請仙尊降罪。」

「罷了，料想是那兩個小畜生生了靈智，伺機逃走，萬物皆有緣法，不必強求。」

玄玉仙尊說完，眉頭依然緊皺，好端端一場生辰宴過得委實糟心。

這一天當中，他先是被罵、再追出去罵人、然後丟了鳥……事事不順，又透著那麼一絲詭異。沒了魔鸚鵡，蘇夢又要給他臉色看了吧？

唉，還要設法解決心魔發作的問題，當時真應該留下文舞……

管事叩頭謝恩，末了小心翼翼道：「只是小的實在想不出，那籠子是以伏魔鐵特製的，上面還貼了瞌睡符，怎會被那對魔鸚鵡逃了出去？」

仙尊若有所思，見一隻小紙鶴從殿外飛進來，他便揮手讓他退下。

他指尖凝聚靈氣，在紙鶴頭上輕輕一點，小紙鶴的嘴巴一張一合，發出了心腹手下的聲音：「**啟稟仙尊，文家么女入了綿陽城，被丹陽宗的胡長老收為關門燒火丫頭，此時正舉辦隆重的收人典禮。**」

仙尊挑眉，而後輕笑一聲，「即使被我趕走，還是千方百計地想要通過其他法子接近我，竟然還被她打聽到了我和胡長老的關係。這個文舞，可真是——」

頑強得有點可愛啊，哈哈。

「很好，繼續盯著她，有發現隨時向我彙報。」

「是，屬下定不辱命。」

溝通完畢，小紙鶴周身騰地起火，轉眼便燃成灰燼。

看著紛紛揚揚的火星，仙尊忽而心生一個猜測。

文舞的劍靈氣勢強大，如果他感覺沒出錯，對方似乎消失過一段時間。

莫非，是她嫉妒蘇夢，故意讓劍靈去毀了那對魔鸚鵡？若是這個敢當面罵他的壞脾氣小丫頭，倒是真幹得出來，小小年紀占有欲就這麼強，膽子也不小。

哈哈，有趣，真是太有趣了。

丹陽宗，凌火峰，大典在萬眾矚目中進行至尾聲。

大家都很給胡長老面子，吉祥話不要錢似地往外講，全程順順利利，賓主盡歡。

只是沒想到，最後一個、也是最簡單的授牌環節居然出了差錯，胡長老準備發給文舞的宗門通行權杖突然裂開了。「丹陽宗」三個豎寫的大字，從正中間一分為二，視為不吉。

這塊權杖的材質並不貴重，意義卻不尋常，尤其在此時發生，彷彿在說文舞和宗門八字不合，冥冥中被排斥一樣。修仙者最重緣法，參加大典的弟子們一時間竊竊私語。有人提到文舞被仙尊厭棄一事，也有人覺得她德行有虧，不然怎會接連被逐出家門和師門。

胡長老淡定地順了順他的白鬍子，看了負責準備典禮事宜的愛徒張仙子一眼。

張仙子會意，立刻下去找相關弟子詢問一番，而後上前對胡長老低聲耳語，「先前，流火峰玲瓏師妹的貼身侍女來送賀禮，似乎靠近過存放權杖的木盒。」

胡長老皮膚本來就黑，所以瞬間黑了臉也沒人察覺。這個流火峰的小姑娘，仗著自己的身分和資質，被捧得越發不知天高地厚了。

他示意徒弟退下，朝在場觀禮的眾人笑道：「看來宗門的規矩果然不能亂呐，我這燒火丫頭入宗時沒有考核，萬萬不可。權杖有靈，要求她當場補上。」

當時的兩個守門弟子也在場，聞言點頭附和，「沒錯，怪不得權杖會裂。」

大家一時半信半疑，伸著脖子張望，看胡長老打算如何應對。

片刻後，一個成人高的丹爐被幾個弟子合力抬到峰主大殿正中央，無根地火靜靜地存放在靈火匣裡。文舞身為一個成熟的學渣，一聽考試就有點小緊張，下意識反復地摩挲繫在腰間的桃木劍。

察覺似有一隻手輕輕握住她的手，她心中稍定。

——不能怯場，首先氣質這塊得掌握好。

迎上胡長老的眼神示意，她鎮定地走上前，盤腿坐在丹爐旁。

胡長老吩咐道：「生火。」

文舞剛要問怎麼生，便見靈火匣裡無根地火「嗖」的飛起來，圍著她繞了一圈，親暱地蹭了蹭，而後鑽進了丹爐底部。胡長老滿意地點點頭。此時圍觀的人並沒什麼特別的感覺，頂多暗自感慨：不愧是金丹長老，一句話就能使喚這些喜怒無常的地火。

隨後，胡長老取出一株通體墨綠色的高階靈草，以及幾十株品色同樣不俗的靈花靈草，分別處理後按步驟丟入丹爐內，接連打了數套法訣。

「這是老夫研究了近百年的補魂丹，可惜一次都沒煉成，不久前還險些炸爐。多虧我這燒火丫頭來得及時，現在便由她獨自燒火，老夫當場再煉製一回。」

此話一落，圍觀者們默契地後退散步。媽呀，炸爐，身為丹師他們可太懂了。

有其他峰頭的峰主跑來湊熱鬧，探頭詢問，「胡長老，您這考核的標準是什麼？」

胡長老撫著一小撮白鬍子，哈哈一笑，「我們這條火靈脈的脾氣，想必不用我說大家也清楚。所以只要不炸爐，那自然是她火燒得好，有資格入我凌火峰。」

年輕的丹師們聞言，不住地點頭。

「有道理，尤其這兩天，這地火不知怎的，特別不穩定，難怪那麼多人都炸了爐。」

「莫不是和無盡深淵有天火現世有關？」

「必定是這個原因了。世間之火以天火最強、靈性最足，地火心生嚮往也可以理解。」

聽著這些人的低聲議論，胡長老和張仙子對視一眼，師徒二人險些忍不住笑出聲。

呵呵，等會兒就讓你們見識一下臭老頭和小可愛的差別待遇！

煉丹的過程大致分為處理靈草、萃取靈液、凝液為丹三個大步驟，其下各個步驟又有細微的差別，這便是每個丹師的獨門手法，不輕易外傳。

胡長老倒是沒這個擔憂，因為他此番用的就是丹陽宗最基礎的萃取、凝丹法訣。但哪怕是最淺顯的東西，金丹真人上百年的練習經驗，領悟亦有不同，這一出手，便讓在場的年輕弟子們受益匪淺。

周圍的議論聲逐漸消失，大殿內針落可聞，時不時能聽到火星炸裂的劈啪聲。

如此安靜的情況下，文舞對著爐底的無根地火碎碎念的聲音便顯得格外清晰。

「寶貝們，我第一次燒火，不知道萃取靈液該用什麼溫度，你們知道嗎？」

地火甲：「知道知道，小可愛妳放一萬個心，臭老頭天天煉丹，我們早都學會啦。」

地火乙：「小可愛，妳枯坐著會不會無聊，我們變個戲法給妳看呀。」

文舞開心地點頭，「那一會兒成丹，你們別忘了配合胡長老一下，萬一炸爐我會被趕走的。」

地火丙急了：「別走別走，我們就是炸掌門也不能炸到小可愛妳啊。這麼水靈的小美人，沾上灰就不好了。」

地火丁冷哼：「會不會說話，沾上灰也是小可愛，比那個臭老頭順眼一萬倍。」

說話間，已經有地火從爐底騰空而起，然後「砰」的一聲輕響，在空中炸開，劈里啪啦散出一片漂亮的煙花。

「這個心機火，竟然搶在第一個表演，看我的。」

又一簇地火竄起，先變成火兔子蹦了兩下，又化作一顆跳動的心。

「這是哪個流氓火，太狗腿了。小可愛別理他，看我看我！」

後知後覺地覺得文舞燒火方式不太對勁的眾弟子：「！」

文舞看得正開心時，系統輕聲道：**「宿主，友情提示，劇情更新了。」**

如果不是有麻煩，它不會特意出來強調。文舞假裝欣賞著地火們爭先恐後地賣萌，實則召喚出文章頁面，快速地瀏覽起來。

『時間不知不覺過去，丹爐裡的靈液萃取完畢，開始凝結成丹。胡長老冥冥中似有所感，雙目陡然一亮，快速打完法訣，清喝一聲，「收！」

『丹爐輕輕震動起來，濃郁的丹香散溢而出，這明顯是成丹的前兆。沒想到，文舞只是坐在那裡跟地火聊了一會兒天，胡長老研製已久的補魂丹就煉成了！

『圍觀眾人驚嘆之際，玲瓏仙子卻心道：這不可能，我分明用高階控火術干擾了地火，它們怎麼不暴動，丹爐怎麼會不炸？既然如此，那我就用丹田之火引爆丹爐，大不了損失些元氣，也不能讓這個外來的搶了我的風頭！』

文舞眨眨眼，手握光筆，將「心道」的「心」字改掉。

與此同時，胡長老已經打完法訣，清喝收丹。伴隨丹爐持續的輕微震動，大殿內丹香四溢，人人聞之精神一振。

下一秒，就在圍觀的年輕弟子們驚嘆之際，玲瓏仙子卻喊道：「這不可能，我分明用高階控火術干擾了地火，它們怎麼不暴動，丹爐怎麼會不炸？既然如此，那我就用丹田之火……」

糟糕，她是怎麼回事，這種話怎麼可以說出聲來?!

旁邊的人如同退潮般迅速躲遠，將她們主僕兩人孤立，一眼看去清清楚楚。

「怎麼會，竟然是玲瓏仙子？」

「好惡毒啊，用高階控火術搗亂不夠，還要用丹田之火引爆丹爐？」

「不愧是流火峰的天才小師妹，害人還能如此坦蕩。沒錯，嫉妒就是要大聲地喊出來！」上面這個獻殷勤的，眨眼間便被口水吐沫淹死。

一片混亂中，丹爐內猛然飛起三顆色澤明麗、形狀渾圓的金色丹藥，一旁的張仙子原本隨時準備好，一旦炸爐就救走文舞，此刻卻險些驚掉下巴。

「師師師父、丹丹丹——極品補魂丹！」

鋪天蓋地的歡呼聲中，修仙界第一顆極品丹藥問世的消息不脛而走，不僅驚動了鄰居綿劍宗、再遠處的炎器宗，連遠在玄明宗的玄玉仙尊都有所耳聞。

報信的小紙鶴飛來時，他已經更衣完畢，準備前去找胡長老一敘。

走到殿外，仙尊和匆匆而來的蘇夢不期而遇。

他不禁意外，「妳怎麼過來了，是為了魔鸚鵡的事嗎？」

蘇夢心裡鬱悶，面上依然淺笑搖頭，「並非為那件事。我聽說是魔鸚鵡生了靈智，自己逃走了，那便是我們沒緣分，不能強求。」

仙尊立時心軟得一塌糊塗。蘇夢就是這樣，哪怕自己受了委屈，也會善良地開導別人。

他決定用其他禮物來補償，承諾道：「如果還有其他喜歡的東西，記得告訴我，本尊無論如何也會幫妳弄來。」

蘇夢欣然頷首，卻聽她的貼身侍女已經迫不及待道：「仙尊大人若是有心，不如幫我家小姐求一枚補魂丹。小姐上次抵禦獸潮時，為了救人魂魄受損，至今尚未痊癒。」

仙尊詫異，「竟有此事？為何一直瞞著本尊？」

見蘇夢不贊同地以眼神制止侍女，顯然侍女所言為實，玄玉仙尊頓時心疼不已。他憂心忡忡道：「魂魄受損乃是大事，妳不要怪她多嘴，她也是關心妳。」

蘇夢無奈，只好說出獸潮裡救人一事，事後怕仙尊擔心，這才將傷情瞞下。

仙尊聽完哈哈一笑，「好在妳運氣不錯，胡長老的補魂丹研究許久，不成功則已，一成功便是極品品階，服下一枚定能補妳受損的魂魄。本尊正要去丹陽宗拜訪，妳便與我同去吧。」

蘇夢含笑答應，蓮步輕移，隨他上了華麗的獸車。

在斷肢都可重生的修仙界，要問什麼傷最難痊癒，那必然是神魂受損。一枚極品補魂丹有多誘人，可想而知。

峰主大殿內，胡長老仰天大笑，暢快無比，「哈哈哈，一百年，我胡不方終於揚眉吐氣了一回！」

忽的，他周身卷起一股靈氣漩渦，竟然是在金丹後期停滯百年的修為突破桎梏，順利進階到金丹大圓滿，距離元嬰不過一步之差。

殿內立刻彌漫著「恭喜胡長老，雙喜臨門」「賀喜胡長老丹道更上一層樓」的聲音。

胡長老待周身靈氣穩定後，欣慰地看了乖巧坐在丹爐邊的文舞一眼，大手一揮道：「老夫今日這場機緣，也有我這燒火丫頭的一分功勞。這一枚補魂丹便贈與妳做保命之物，定要收好。」

文舞伸手接住自行飄來的一枚金色丹藥，拍拍腰間的桃木劍，「阿准，出來一下。」

應准忽然現於大殿內，嚇得圍觀弟子們不由得噤聲。

這是……劍靈化形?!

文舞可沒空理會大家的震驚心情，看著眼前的文章頁面，還有「仙尊和蘇仙子連袂而至」的描寫，火速跳起身將補魂丹塞進應准口中。「張嘴，快吃掉它。」

應准猜測文舞肯定是預見了某種未來，當即配合地咀嚼吞咽。

而後便聽文舞笑著解釋，「這樣你的靈體就能徹底穩定，可以沒事就出來陪我玩啦。」

眾人恍然，原來是為了讓劍靈出來玩啊……

等等，用極品補魂丹！讓劍靈出來玩？

不待他們大呼文舞暴殄天物，胡長老再次一揮手，將第二枚極品補魂丹送給了張仙子。

「這機緣也多虧妳領進門。妳的孝心為師看在眼裡，切記勤學苦練，莫要整日偷懶。」

文舞回頭衝著張仙子使勁眨眼，張仙子會意，接住補魂丹的一剎那，立刻送入口中，囫圇吞掉，噎得打了個嗝。

眾人哈哈大笑，笑著笑著眼淚全都掉下來了。

他們凌火峰的人怎麼回事，一個兩個都這麼隨意，那可是極品丹藥，極品！

下一秒，一輛華麗的獸車高調地破空疾行而至，無視禁飛的規矩，停在了峰主大殿的門口。香風陣陣中，玄玉仙尊和蘇仙子連袂而來。

胡長老並不意外，不冷不熱地寒暄道：「仙尊稀客，蓬蓽生輝。」

至於旁邊的蘇仙子，她以為自己是來賣香露的嗎？散發著這麼濃郁的香味，搞得他滿殿的馥郁丹香味道都混雜在一塊了。她年紀也是一大把了，還不知道來丹師的地盤不能搞這些花裡胡哨的嗎？

圍觀的弟子們很快也察覺這點，原本通過丹香在領悟丹道的人突然被打斷，更是氣憤地揉了揉鼻子，使勁打了個噴嚏。

蘇夢一臉尷尬，悄然瞪了侍女一眼。出門時主僕兩人只顧著用仙尊最愛的花香，喚起兩人青梅竹馬的回憶，忘記拜訪丹師的規矩了。

仙尊輕咳一聲，幫蘇夢解圍，「胡長老，本尊此次前來，一是祝賀胡長老得償所願、丹道有所進益，二是為了求藥。」

眾人聞言，聯想到剛剛文舞急著將藥餵給劍靈、張仙子匆忙吞服的舉動，表情忽然一個比一個精彩。

仙尊繼續道：「懇請胡長老割愛，將三枚丹藥中的兩枚勻出來。做為謝禮，本尊願送上百年前所得的極品丹爐。」

做為修仙界第一人，玄玉仙尊雖然霸道，但好在他要面子，做不出明搶的行徑。

這次交換，按靈石折算的話，說起來反而是胡長老占了便宜。畢竟極品丹藥一旦煉出來，以後還能再煉。但炎器宗的人如今煉個上品丹爐，都要被全界的丹師瘋搶，稀有程度可見一斑。

胡長老聞言心動，而後暗自感慨，自己到底是和這夢中情爐無緣。他以前答應幫仙尊煉製極品丹藥，驅除情蠱壓制心魔，為的就是這丹爐，只是計畫趕不上變化。

胡長老一番思索，坦言道：「不瞞仙尊，老夫此次成丹，多有運氣成分在內，如今已經將其中兩枚贈與有緣人，只剩下最後一枚，卻也要依照宗內規矩上交給掌門師兄，做為宗門之物另行安排。」

仙尊還沒說話，蘇夢的侍女已經搶先出聲，「那就勞煩那兩位有緣人割愛，將補魂丹轉贈與我們吧。」

張仙子脫口而出，「憑什麼？」

侍女抬起下巴，自豪地道：「仙尊與魔族少主一戰，保護了我們修仙界不受魔族侵擾。我家小姐也是在獸潮中，為救人和妖王交手，這才落下舊傷，正急需這兩枚丹藥呢。」

蘇夢適時地開口制止侍女的逾越，「阿芍，不可無禮。我和仙尊所做之事皆是出於本心，怎可挾恩圖報。」

張仙子不屑地翻了個白眼，還要再嗆她，不料迎上胡長老警告的目光，立刻收起一身的刺，安分下來。

這時，半晌沒說話、一直在看劇情的文舞幽幽道：「也不算挾恩圖報，畢竟也不是對我們有恩。」

她可是用上帝視角看過前情，仙尊和魔族少主搶機緣、蘇夢想捉七階大妖當靈寵，被妖王一巴掌拍飛，這跟修仙界的安危有何關係。

蘇夢皺眉，這才第一次將視線施捨給坐在丹爐旁邊的燒火丫頭。此時此刻，看這張臉就如同照鏡子，可她斷然不會因此認錯，因為她們兩人的氣質截然不同。她自己是天水靈根，走的溫婉嬌柔路線，對面這個據說是天火靈根，一看就是愛玩火的不省心性格。

「妳就是文家的么女、文歌的妹妹，文舞？」

蘇夢似乎問了一個很隨意的問題，但這話從她口中說出來，含義可就多了。

妳是我替身，妳家把妳送給仙尊被退貨。

妳姐姐也是我的替身，如今已經被封印在無盡深淵。

妳一個替身，有什麼資格在我面前舞？

「明知故問。」文舞不懼她帶著嘲諷的打量，迎著她的視線瞪回去。

有時候聰明人要學會明哲保身。有時候，人也要留一寸風骨。她文舞絕不接受活在他人的陰影下。兩人之間頓時劍拔弩張。

仙尊覺得文舞有點不懂事，這態度以後得讓她改一改。衝著他發脾氣也罷，怎麼能故意氣蘇夢？萬一蘇夢生氣，要他懲罰文舞，他是罰還是不罰？

見蘇夢皺眉，仙尊先一步輕聲斥責，「文舞，不得無禮，還不快向蘇仙子道歉。」

他有心維護文舞，給她個臺階下，不料文舞並不稀罕，還不客氣地對他翻了個白眼、別開頭。

仙尊心中無奈，只是忍不住越發對她上心。身為全強者，身邊多的是人投懷送抱，就連蘇夢鬧完脾氣，送個禮物哄一哄也會跟他和好。他多久沒有遇到文舞這樣的野馬，多久沒生出這般強烈的征服欲望了？

蘇夢敏感地察覺到仙尊的反應有些不對勁，餘光掃了他一眼。

以前她要收拾文歌，他可不會開口打斷。女人的直覺告訴她，自己的地位受到了威脅。

胡長老將這兩位不速之客的表情看在眼裡，生怕文舞吃虧，掐準時機哈哈笑道：「並非我這徒弟和燒火丫頭不肯割愛，而是丹藥已經服下，又如何拿出來？」

圍觀的弟子們低聲竊笑，幾個聰明人思及文舞當時的「暴殄天物」，看她的目光隱隱有所不同。胡長老瞪了看熱鬧不怕事大的眾弟子一眼，又道：「老夫剛剛傳信於掌門師兄，將丹藥一事告知。聽說綿劍宗、炎器宗的掌門，與幾位德高望重的長老正在掌門大殿做客，還請仙尊移步臨火峰，與諸位掌門共商這最後一枚丹藥如何分配。」

仙尊聞言不悅，但礙於風度也無法拒絕。他看了文舞一眼，轉身大步離開。

蘇夢也深深打量了文舞幾下，隨後帶著侍女離去。

文舞：「？」

怎麼，不看我一眼，你們兩個就不會走路了？

見外人離開，眾弟子也跟著往臨火峰跑。張仙子走過來拍拍文舞的肩膀，「別怕，師父一定會護著妳，就算是化神仙尊也不敢招惹我們全宗門的丹師。」

文舞心中暖暖的，朝她甜甜一笑，「多謝師姐，給妳吃烤蘑菇，我剛才閒著沒事烤的，可香了。」

張仙子看了外焦裡嫩的烤蘑菇一眼，又看了看大殿牆角只剩下根部的菌靈菇，突然哀嚎一聲，「師妹快吐掉，這蘑菇能致幻！」

文舞表情碎裂，伸手摳了喉嚨兩下也沒用。見應准心急如焚的模樣，忽然靈機一動。

「別急，我有辦法了！」

應准和仙尊，沒對比就沒傷害！

她迅速召喚出文章頁面，往回找了一段仙尊的心理描寫：

『他多久沒有遇到文舞這樣的野馬，多久沒生出這般強烈的征服欲望了？』

嘔——

臨火峰掌門大殿內，諸位掌門長老和仙尊寒暄罷了，共同商定出結果——即興比試，速戰速決，免得等會兒來的人更多。

最終的勝出者，可用等價寶物換取僅剩的一枚極品補魂丹。

元嬰長老們出手動輒翻山倒海，自然不妥。上臺比試的是他們各自的隨行弟子，修為皆在築基期。張仙子做為胡長老的徒弟，也得到一個公平參與競爭的名額。

只不過丹修出去打架普遍吃虧，她築基初期的修為在其他對手眼裡完全不夠看。文舞擔心張仙子的安危，也不想把丹藥拱手讓給外人，從比試開始便死死盯住文章頁面。

『炎器宗這男修長得凶神惡煞，上來就衝著張仙子放了一段狠話，「區區築基初期也敢來獻醜，一會兒被打斷了手腳，可別哭著求饒！」』

文舞看得來氣，握筆將「狠話」改成了「騷話」。

下一秒，炎器宗的男修走上擂臺，衝著張仙子大聲撩撥，「小美人好俊的一張臉，好苗條的身段，這前凸後翹的S型曲線……」

張仙子愕然，隨即朝裁判大喊：「他騷擾對手！」

裁判抽著嘴角宣布：「炎器宗這位古小友違反擂臺守則，對對手進行言語騷擾，按規矩取消比試資格。本場比試，張仙子勝出。」

眾人：「……」

另一邊，代表流火峰出戰的玲瓏仙子越級挑戰蘇仙子，因為過於自信，被打得毫無招架之力。文舞看這位恨不得吃人的表情，總覺得她要出什麼亂子，於是轉頭去看剛剛更新出來的文章內容。

『玲瓏仙子面目猙獰，咬牙切齒道：「等著瞧，我馬上就會超越妳！」

『她一氣之下當場吞下築基丹，強行聚集靈氣築基。不料不僅失敗了，還意外引發一場靈氣爆炸，導致上百名練氣弟子非死即傷。』

文．練氣弟子．舞靈光一閃，嘿嘿壞笑著將「超越」改為「超度」。

下一秒，玲瓏仙子因為一身傷痛而面目猙獰，衝著蘇夢咬牙切齒道：「等著瞧，我馬上就會超度妳！」

愣了片刻後，她換上一張慈眉善目的臉孔，輕聲唱起來，「哦瑪尼瑪尼麥麥哄……施主，妳且閉上眼，安心離去吧。」

蘇夢：「？」

玲瓏仙子嫉妒蘇夢已久，對和蘇夢九分像的文舞自然也看不順眼。

然而一天之內先後兩次說出心中所想，完全不顧場合，這絕對不正常。她懷疑自己已經生了心魔，表情凝重。

裁判高聲宣布：「玲瓏小友詛咒對手，失去比試資格。本場比試，勝出的是蘇小友。」

玲瓏仙子看也不看眾人，匆忙帶著侍女逃回流火峰。

蘇夢贏得莫名其妙，不過她也看出玲瓏仙子的狀態不對勁，懷疑問題出在她自己身上。

除了應准，所有人都沒往小小練氣弟子的文舞身上聯想。

比試一輪輪進行下去，很快就到了最終回合。

站上擂臺的兩個人都和文舞有關係，一個是張仙子，一個是蘇夢，兩人皆是築基中期的修為。看著張仙子躍躍欲試、想要痛扁對手的模樣，文舞想了想，默默關掉了文章頁面。

以她這位張師姐灑脫的性格，無論輸贏肯定都想靠自己的本事，她雖然不願意讓丹藥落入蘇夢手中，卻更不想因為私事損了自己人的道心。

萬眾期待中，最後一場比試很快開始。

張仙子一上來就穩占優勢，壓著蘇仙子打。兩人雖然同階，但看得出來前者靈氣更磅礴、經驗更豐富。不像後者，竟然擺出一臉被狂風暴雨摧殘的嬌花模樣，餘光頻繁地瞄向高臺上的玄玉仙尊。

眼看張仙子持鞭，即將打出蓄力一擊，一決勝負，文舞擔心仙尊幫蘇夢作弊，又一次打開了文章頁面。接下來的劇情果然如她所料——

『仙尊見蘇夢靈力不支，悄然屈指一彈，將一股極為純淨的靈氣注入她體內。因為境界所限，周圍竟無人發現他的小動作。

『得到這一絲化神靈力的補充，蘇夢目光微閃，假裝示弱、看起來快要戰敗，實則同樣掐訣，隨後靈氣爆發，幾乎和對手同時打出了決一生死的大招。

『由於蘇夢的反擊著實突然，且威力強橫不似築基，張仙子胸口被擊中，吐了一大口血後昏迷不醒。最後一戰，蘇夢勝。』

文舞控制住自己的情緒，沒去看仙尊手底下的小動作，免得被他察覺。

眼見擂臺上的蘇夢已露疲態，她立刻假裝在應准背上寫字玩耍，握住光筆將「極為純淨的靈氣」改為「極為純淨的臭氣」。

修改成功了，還好來得及。

下一秒，仙尊悄然屈指一彈，一股極為純淨的臭氣迅速注入擂臺上蘇夢的體內，彼時蘇夢已經被打得連連敗退。

她心中一急：那個人怎麼回事，為什麼還不助我一臂之力，極品補魂丹不要了嗎？

正想著，她只覺得一股說不出味道的渾濁氣息從她身體內炸開，熏得已經要打出最後一記攻擊的張仙子緊急後退。

「什麼玩意兒，妳是臭鼬精變的嗎，打不過竟然放屁！」

蘇夢惱羞，「妳別胡說八道，這跟我有什麼關係？」

她話音未落，便聽「撲通」一聲，恰好站在她身後的裁判竟被臭暈過去，掉下了擂臺。

蘇夢：「……」

看著周圍陸續暈倒的練氣小弟子們，她恨不得鑽進地縫裡。一定是有人整她，不然不會變成這樣！

張仙子最終也沒能打出最後一擊，因為蘇夢自己也被臭暈了。

替補裁判捏著鼻子，站在遠處揚聲宣布：「最後一戰，張仙子勝！」

比試結束，極品補魂丹繞了一圈又被張仙子孝敬給胡長老，一切塵埃落定。

玄玉仙尊不死心，上前對胡長老道：「極品丹爐換一枚極品補魂丹，胡長老可願忍痛割愛？」

之前還打算換兩枚，這算是出了雙倍的價格。

胡長老閉了閉眼，的確是忍痛割愛，但割的是另一個愛啊。

他雖然很心動，可一想到文舞之前寧願給劍靈吃，都不肯便宜外人的舉動，還有張、蘇兩家拉扯上百年的恩怨，為了不拖兩個徒弟的後腿，到底還是搖頭婉拒。

「仙尊，老夫此次成丹實屬運氣使然，亦想留下這枚極品丹藥繼續參悟，只能道一聲愛莫能助了。」

玄玉仙尊連怎麼吞服丹藥、如何配合功法壓制心魔都想好了，聞言擰眉不快。「胡長老莫非忘了你我二人早年的約定？」

胡長老捋胡一笑，「當初答應幫仙尊煉丹不假，說的卻是仙尊自己出靈草，煉的也是極品清心丹。待他日仙尊集齊了極品清心丹所需的百種靈草，老夫隨時可以為你另開一爐。」

話已至此，無需多言。玄玉仙尊縱使有諸多不滿，但因為指望極品清心丹消除心魔，進階飛升後，體內的情蠱自然滅亡，他最終面色沉沉地點了點頭，算作屈服。

堂堂仙尊，被一個金丹老兒掐住七寸，真是屈辱至極！

他轉身抱起昏迷的蘇夢，被熏得腳步一踉蹌，差點把人扔出去。最終在侍女的攙扶下，總算將人抬到獸車上，飛速離去。

得趕緊回洞府洗澡，他快要被活活臭死了！

順利送走玄玉仙尊這尊大佛，其餘掌門長老們的談話氣氛頓時一鬆。

綿劍宗掌門趁機道：「練氣三層便能令劍靈化形，此子實屬百年一見的劍修天才，當個燒火丫頭豈不可惜？不若便讓本君帶回去，假以時日——」

炎器宗掌門冷笑一聲，不客氣地打斷他。「杜掌門的劍靈聽說還是個三歲稚童，出來也撐不住一炷香時間，想必沒什麼可教。倒是天火靈根極適合我炎器宗，在哪兒燒火不是燒火，只要那小姑娘願意跟我走，我宗願以客卿長老身分待之，一應供奉加倍。」

「此言差矣，這女弟子先前來我綿劍宗考核，可見心中嚮往之，據說劍也舞得極好，合該入我宗門中繼續修煉……」

胡長老看著他們爭得口沫橫飛，氣得吹鬍子瞪眼。

這群老不休，就是見不得他好。當初嘲笑他為人挑剔又苛刻，一個燒火丫頭找了一百年都沒找到合適的，還大言不慚地要求單火靈根。現在倒好，你們倒是別來搶人呀！

「徒弟、文丫頭，我們走，讓他們自己愛怎麼吵就怎麼吵。」

反正有掌門師兄當靠山，一個大活人入了他們丹陽宗，也不是誰想要就能要走的，哼。

三人趁那些掌門長老們沒留神，火速閃人。

被應准抱著飛回凌火峰的途中，文舞偶然看到胡長老那段忍痛割愛的心路歷程，對這個白鬍子的黑臉老頭又添了幾分真心的敬愛。

『地火們見不到文舞，無聊地大吵大鬧，燒掉了胡長老那上品丹爐底部的一塊銅皮，把老道心疼得跳腳大罵。

『文舞身為一個敬業的燒火丫頭，趕忙制止它們的調皮搗蛋。張仙子檢查一番後，哭喪著臉告知胡長老，「師父，您的寶貝丹爐被燒成下品了……」』

文舞盯著「下品」兩個字，手指蠢蠢欲動。

她在心中道：「妮妮，現在有個好機會，可以試探下天道對我能力的限制在哪裡，好方便我以後行事。」

系統有種不妙的預感，**「宿主，勸妳向善哦。」**

它善良的宿主隨後握住筆，將「下品」改成了「仙品」。

下一秒，師徒三人落在凌火峰主大殿前，文舞制止了鬧騰的地火們。張仙子上前一看，哭喪著臉道：「師父，您的寶貝丹爐被燒成下品了……」

胡長老揪著鬍子長吁短嘆，「唉，也罷也罷，舊的不去新的不來。」

文舞微微失望，這是修改失敗了。不過一次挫折沒什麼，她很快就重新打起精神，偷偷詢問地火，「寶貝們，為什麼丹爐沒被燒成仙品啊？」

地火們七嘴八舌地回答：「因為我們品階不夠，燒不出來。」

「要天火才行，而且得是有靈的強大天火。」

「小可愛，妳別不高興。妳伸手摸摸我們，我們再努力試一次呀。」

文舞偷偷瞄了不遠處的師徒二人一眼——那一老一少正對著丹爐嘆氣。一個感嘆沒上品丹爐了該怎麼辦，一個擔心炎器宗趁火打劫，要拿上品丹爐換人。

她對地火們使了個眼色，偷偷把手伸到爐底焰心處，五根瑩白素指跟著火焰一起燃燒。

地火們一下子激動起來，大殿內轉眼間火靈氣四溢。

片刻後，胡長老最先察覺不對勁，「怎麼這麼熱，是哪裡又被那些壞傢伙給點著了？」

張仙子後知後覺，她額頭竟然已經冒汗，這可是築基以來頭一回。

師徒倆目光一掃，不約而同地注意到貼在廢棄丹爐旁嘀嘀咕咕的文舞。

唉，小姑娘看起來很自責的樣子，可能是因為沒看好火吧，但這其實也不能怪她。

張仙子得到師父示意，走上前柔聲安撫，「小師妹莫擔憂，師父一定有辦法再弄來一個上品丹爐。實在不行，中品也不錯啊。」

文舞感受到地火們的歡欣，心中一動，指著那塊剝落的銅皮道：「張師姐妳看，我怎麼覺得這丹爐比以前變漂亮了。」

「怎麼可能，明明就——呃……」

「師父！出大事啦！您快來看！」

胡長老嚇了一跳，還以為文舞怎麼了，衝到廢棄丹爐前一看，差點當場把嘴笑歪。

「哈哈哈哈哈，老夫一點也不想笑，可是老夫忍不住啊哈哈哈！」

煉出極品丹藥不說，竟然還把上品丹爐煉成了仙品。看這回還不氣死炎器宗那些趾高氣揚的老傢伙！

臨火峰上，炎器宗還在用上品丹爐的供給，跟丹陽宗掌門討價還價之際，眾人驚覺頭頂上一黑，一片雷雲將整個丹陽宗籠罩在內。

「是哪位小友今日結丹？」

「這動靜不像啊，怕不是有金丹道友要碎丹成嬰？」

眼見雷雲中心緩緩對準了凌火峰，一眾金丹、元嬰修士迅速飛到半空中凝神觀望。

「轟隆」一聲巨響，驚雷迅疾落下，將峰主大殿劈成兩半的同時，露出了裡面的師徒三人，以及一口流光溢彩的仙品丹爐。

「竟是仙器出世！引來雷劫！」炎器宗掌門震驚疾呼。

眨眼間，又一道驚雷劈下，只是總覺得這雷劈的角度有點歪，莫不是今日風大的緣故？

胡長老掏出壓箱底的寶貝，飛上天抵禦雷劫，張仙子亦從旁掠陣，避免宵小趁亂奪寶。

文舞老實地蹲在仙品丹爐旁，仰頭看天。「妮妮，那個雷怎麼總往我這邊偏，我都快懷疑它是衝著我來的了。」

系統沉默少時，才道：**「宿主，有自信一點，它就是來劈妳的。」**

文舞：「……」

她默默地抱住仙品丹爐，一副死也要為胡長老守住至寶的模樣，看在天上一眾人眼中，別有一番感動。

第一道驚雷劈開大殿，第二道驚雷被胡長老奮力截住。當第三道驚雷醞釀完畢，帶著前兩道的威力之和呼嘯而下時，別說金丹期的胡長老，就是天上的元嬰道君也看得心頭打顫。

胡長老不得已放棄，朝張仙子和文舞大喊：「跑，東西不要了，命重要！」

文舞沒想到憑空修改仙器的後遺症這麼嚴重，內疚的同時，勇敢地站了起來，一臉倔強地仰望空中的雷雲。既然躲不掉，那就直面它！今天不是你劈死我，就是我修死你！

她瘋狂更新文章頁面，載入了最新章節——『**逆天而行**』。

『只見第三道驚雷猛然分化作五條深紫游龍，從各個方向朝著文舞當頭劈下，煌煌天威，誰敢不怕？』

文舞咬牙握筆，心一橫，「游龍」改成「肉龍」。

下一秒，五個深紫色的肉龍從天而降，軟趴趴地砸到了她頭上。

文舞覷著一瞬間變得四分五裂的雷雲，配合地嬌呼一聲，「哎呦，好疼，好怕怕——」

文舞喊完，擺了個高難度舞姿，柔弱地歪在仙品丹爐上。

五個白胖鬆軟、肉香四溢的肉龍砸了她一下，紛紛掉進丹爐內滾來滾去。

肉龍是劫雷濃縮而成的，其中蘊含的雷靈力精純無比，食之對修為必有增益。

文舞立刻自己啃了一個，給應准一個，張仙子和胡長老也沒落下，最後一個上交給辛苦應酬的掌門人。態度端正，好感度蹭蹭刷爆。

綿劍宗、炎器宗的人眼紅不已，住得遠的其他宗掌門、長老們也終於聞訊趕到。

一群往日裡難得一見的大師圍著丹陽宗掌門攀交情、扯淵源。

某仙君：「翁掌門，昔日你我二人月下划槳、蕩舟海上，每每想起可真是——」

「可真是尷尬啊，老夫當年約的明明是你胞姐，你小子來搗什麼亂？兩大老爺們在水上漂一宿，海風差點把我吹得中風。」

某仙君：「……」

某仙子：「翁掌門，那你可還記得，小妹當年在雲城之巔，也曾與你琴瑟和諧——咳咳，合奏。」

「記得，一百年過去也忘不了啊。當日我彈琴求娶雲城第一仙子，便是妳故意鼓瑟、帶著我一起跑調。」

某仙子：「……」

彼時，玄玉仙尊一回到玄明宗，就泡進靈泉裡去味，好不容易活了過來，卻收到心腹手下的小紙鶴傳音。

「什麼，天上掉肉龍了，用劫雷做的？」

他低呼一聲，起身就要穿衣再次前往，這次如論如何也要分一杯羹。不料小紙鶴緊接著道：「一共五個肉龍，文舞吃了一個，當場從練氣三層進階到練氣六層。她的劍靈服用後，劍氣自帶劫雷天威。張仙子突破至築基中期大圓滿，胡長老也結嬰在即。」

玄玉仙尊皺眉，「這幾人怎都如此不矜持，實在暴殄天物，好在還知道留一個。」

「……剩下最後一個，已經被各門派的元嬰修士當場瓜分一空。而且不知道為什麼，他們全都當場吃掉了。」

玄玉仙尊一巴掌拍扁了紙鶴，「真是豈有此理！」

好東西人人想要，不患寡而患不均。

那些沒能吃到精純雷靈力的人酸氣沖天，賴在丹陽宗不肯離去，拐彎抹角地質問：「好端端的劫雷，為什麼會變成靈食？莫非是哪位食修大師橫空出世？」

「胡長老不通煉器之法，怎的還能把上品丹爐燒成仙品？該不會你宗還想搶炎器宗的飯碗？」

大師們也都是從小練氣爬上去的，可以說爬得越高，關鍵時刻越能捨得下臉面。看他們的架勢，今日丹陽宗若是不再拿出點好東西來安撫一二，這些人便能群起而攻之。

玄玉仙尊再次現身時，看到的便是這樣亂糟糟的場面。

他怒氣消了不少，虛偽的性格重新占領智商高地。「哈哈，諸位道友莫急，這件事本尊或可幫大家解惑。本尊剛剛掐指一算，得知大道有變，似是某位仙人下界而來……」

他話沒說完，張仙子忽然指著天大喊：「不用算，抬頭就能看到，仙人真的來了！」

玄玉仙尊：「……」

妳禮貌嗎？

眾人一齊抬頭看去，只見一身墨綠長袍、長髮垂落在腰間的翩翩美少年踏空而來。仙氣渺渺，步步生蓮。美少年仙人邊走邊以仙音普度凡間，輕快的曲調不愧是仙樂——

「文舞在哪裡呀，文舞在哪裡。

「文舞在那修仙界的宗門裡。

「這裡有奇花呀這裡有異草。

「還有那會打架的小仙女。

「嘀哩哩嘀哩嘀哩哩。

「嘀哩哩嘀哩哩……」

在場眾人只覺得這是一場眼睛和耳朵的視聽盛宴，沉浸在這飄飄仙樂中，整個人都跟著開始昇華。

「原來這就是仙人之姿，果真不同凡響。」

「啊，我頓悟了！」

「貧道玄明宗玄玉，拜見上界天使。」

玄玉仙尊一直苦於沒機會破界飛升，好容易見到真仙人，自然不肯錯失良機。如果能得其指點一二，除去情蠱最好。就算不能，至少也能提前結個善緣，為日後飛升上界打下人脈基礎。

化神仙尊帶頭，元嬰道君、金丹真人們就更沒偶像包袱了，紛紛雙手抱拳做個道禮。或矜持、或諂媚、或冷漠、或熱情，千人千面。

美少年仙人隨意地朝恭敬見禮的一千人等揮揮衣袖，一陣風似地飄到文舞面前，委屈道：「妳怎麼說走就走，也不等等我。」

文舞喝口水差點嗆住，瞪著眼前的仙仙子一陣猛咳。「你、你怎麼跑過來的？」

玄玉仙尊的嘴快過腦子，沉喝一聲，「大膽，妳這是什麼態度，怎能對這位大人如此不敬？還不跪下認錯！」

早就聽聞仙人個個喜怒無常，要百倍千倍地恭敬才行。

他敬仰仙人不假，也是擔心文舞這小ㄚ頭被降罪。畢竟，這可是唯一一個讓他另眼相待的替身候選。

仙仙子只當這話是衝著他說的，當即「撲通」一聲跪下，一臉崇拜地看著文舞。「沒想到妳這麼厲害，已經混成大人了啊。那我這次可以不去天上教書育人，每天都跟著妳混吃混喝嗎？」

文舞暫時按下內心的驚濤駭浪，對他使了個眼色，「站起來，好好說話，你可是個仙人。」

——球。

仙仙子開心地站起來，走到她身邊膩膩歪歪，還衝著她身旁的應准做了個鬼臉。

應准：「……」

總感覺情況好像快要失控，但願是他多心。

在場的掌門長老們愣了一會兒，看文舞的目光又有不同：就說怎麼突然間好事都跑到丹陽宗來了，原來是這位仙子和上界仙人相熟！

一群老道士暗中傳音，討價還價，又重新掀起了一輪燒火ㄚ頭的搶奪大戰。

胡長老和張仙子震驚過後，擔心文舞的安全，故技重施、帶著她趁亂開溜。

一行人很快藏到了掌門人的洞府中，美其名曰：最危險的地方最安全。

文舞這時才有機會私下問仙仙子，「你還沒告訴我，你是怎麼過來的？」

仙仙子優雅一笑，「我一直在找這個介面的漏洞，想要鑽過來。剛才不知道為什麼，空間壁上突然破開好大一個孔，我就飛過來了。」

想到天空中一瞬間被氣得不成型的雷雲，文舞默了默。她轉而問系統，「妮妮，天道就這麼放過我了嗎？」

系統溜達一圈回來，幸災樂禍道：「宿主，又是一個好消息，一個壞消息，妳想先聽哪個？」

「好的。」

「好消息是，寫作軟體被妳氣到當機了，目前全是一片亂碼、自顧不暇。另外末世那本書的讀者也摸過來，發現作者兩書聯動，都在評論區嗷嗷叫，催妳趕緊舞起來。」

文舞：「……」

「壞消息是，和作者崩文那次一樣，沒了天道的壓制，妖族和魔族馬上會捲土重來，大舉入侵修仙界，宿主自求多福。」

文舞：啊這……

三界開戰、生靈塗炭嗎？罪過罪過。

她打開文章頁面一看，果然，『逆天而行』這章的後續內容悄然一變，多出了妖族、魔族、混戰等字眼。

『妖王蕭百屠是隻偶然撞上機緣的白兔妖。牠生來耐不住寂寞，嫌棄十萬大山冷冷清清，覬覦修仙界的繁華已久。突然察覺天道對牠的壓制在減弱，很快便小到可以忽略不計，當即集結各大獸族首領，浩浩蕩蕩地離開十萬大山，一舉攻入人間。

『無獨有偶，魔族少主莫恨天，記恨當年被仙尊重傷雙腿之仇，一直在等待機會以牙還牙、以眼還眼。聽屬下說通往修仙界的封魔結界突然變薄、隨時可能會消失，也立刻振臂一呼，屠刀直指修仙界。

『修仙界各門派得到妖族、魔族雙雙入侵的消息，派出築基期、金丹期弟子趕往前線迎戰。一時間戰火紛飛，死傷無數。很快的，這場大戰便蔓延至整個修仙界，手無縛雞之力的凡人們首當其衝，不是被妖修當做食物生吞，就是被魔人捉走煉製勾魂邪物，赤田千里，哀鴻遍野……』

文舞總結了下這段內容，一個字：慘。

不過這麼大的動靜，連妖王和魔族少主都驚動了，要怎麼改才能徹底根除牠們的占有欲望和滔天恨意，從而阻止這場混戰？

目光無意中瞥到在一旁無聊得頭頂開花的仙仙子，她靈機一動。

「有了！只要修改成功，保證藥到病除！」

她激動地握住光筆，將「妖王蕭百屠」改成「妖王俞心照」，「魔族少主莫恨天」改成「魔族少主溫思睿」。

下一秒，俞心照手裡拿著一把好牌，莫名其妙地站在一群會說人話的妖獸中。

她迅速接收了妖王的記憶，看了自己高大威猛的兔子身形一眼，狂抽嘴角。

「我可真是謝謝妳啊，小舞，這不止一百八十公分，都有八百一十公分了吧?!」

與此同時，溫思睿也發現自己的電動輪椅變成了一把木輪椅，而且不用靠機甲翅膀，它自己就會飛。轉瞬消化掉原主的記憶，他總算弄明白此刻的處境，溫和一笑道：「原來這是浮空木，被我親手煉製成本命法寶了啊……啊！」

難怪剛才他和俞隊長突然騰空，原來是小舞，真的召喚了他們！

十萬大山外、封魔結界旁，新鮮出爐的妖王俞心照和魔族少主溫思睿不約而同道：「文舞，我們來了。」

能再見到妳，真好。

16

第十六筆

妖族、魔族的異動，自然無法逃過大師們的神識感知。

玄玉仙尊在大是大非前尚有一分擔當，面色凝重地呼籲恰好聚在此處的各派掌門長老們：「本尊懇請諸位道友即刻派出精英弟子，趕往前線攔截妖獸和魔兵。我等修士順天而生、逆天而行，遇此浩劫，自當傾全界之力，拯救蒼生於水火！」

他說完這話，心裡卻道：也不知那位仙人此刻在何處，莫不是預料到人間即將迎來的這場浩劫，特意下界來考察我等？

其餘人亦和他想到一處，本來就不會推卸責任，此時越發上心三分。一道道命令飛速傳往各大門派，無數個門派精英組隊出發，前往禦敵。

只是，當第一批精英趕到時，看到的卻是妖王高大威猛的身軀蹲在城門口，跟守衛討價還價的詭異畫面。

俞心照氣呼呼道：「都說了沒有下品靈石，送你一隻妖獸回去養著玩，為什麼就是不同意？」

守衛跪著回答，「前輩，您送小的一隻八階妖獸，相當於元嬰中期修為，到底是誰玩誰呀，嚶嚶嚶……求求您，別付靈石了，直接闖進去吧。」

俞心照微微一笑，「那可不行，我得給好朋友面子。她是你們陣營的，我們就按規矩來，這樣吧，這隻七階的麒麟你看怎麼樣？」

守衛：「嚶嚶嚶……」

「還不行啊，那這隻六階的劍齒虎……」

眾精英：「？」

師父誤我，妖王這不是挺客氣的嗎？

同一時間，趕到封魔結界附近的精英弟子們也發出了同款的疑惑：師父誤我啊，魔族少主原來是自己人？

彼時，溫思睿正帶領心腹屬下守在結界的破洞處，魔界人士則井然有序地在結界內側排隊，準備上前接受少主的全面審查。看他們輕鬆愜意的表情，不像是要開戰，反而像是要過來遊山玩水、體驗修仙界的風土民情？

「一百代之內，凡直系親屬在修仙界殺戮無辜者，一律禁止離開魔界，撒謊者從嚴處理。」溫思睿不緊不慢地公布完審核標準，拿起輪迴鏡，開始檢查排在第一的魘魔。

「好了，你過去吧，非法入夢會立刻被遣返魔界。遇到麻煩可以用魔音蟲聯繫我、說明情況。記得遵守公德，助人為樂，我們魔的素質總不能比妖還差吧？」

「少主大人放心，我一定為我們魔界刷足好感度，絕不輸給那群心機妖！」

「嗯，下一個。」

魅魔一步三扭地走上前，衝著溫思睿拋了個媚眼。溫思睿用輪迴鏡照了她一下，淡定道：「簽個不亂約的魔靈保證書，否則不予通過。」

不約不成活的魅魔：「……嚶。」

溫思睿抬手輕輕打了個響指，一根魔藤拔地而起，迅速將試圖溜過去的魅魔捆成粽子，拖回到結界內側。聽到熱烈的鼓掌叫好聲，溫思睿緩緩回過頭。他面容蒼白憔悴，帶著一種病弱而妖冶的美，眉心三道魔紋更為這分美感添了一絲神祕。

前來禦敵的精英弟子們，不論男女都看呆了一瞬。真正的絕美容顏原來是這樣啊！無需魅魔那樣的天賦法術，只需不經意間一瞥，便能輕鬆地奪魂攝魄。

「這張臉，一看便是自己人。」

「沒錯，這溫柔清澈的目光，比仙尊看起來還正派。」

「噓，說這什麼廢話。走，去打聲招呼，問問有什麼需要我們幫忙的，裡頭排隊的人那麼多，魔族少主一個個審核多辛苦啊。」

精英們竊竊私語一番，溫思睿很快便多了一群熱心幫手，身上的重擔一下減輕不少。他思索片刻，溫和道：「各位道友，是否認識一個叫文舞的仙子？」

精英隊伍裡負責醫療後勤的修士恰好來自丹陽宗，聞言心生警惕：糟糕，凌火峰的小師妹太出名，連魔族少主都想搶人？

他生怕出現多嘴的豬隊友，急忙上前一步回答：「不認識！」

溫思睿笑著看了他一眼，遺憾地搖頭輕嘆，「可惜了，我本來想主動過去給貴界當人質，既然文舞不在修仙界——」

帶頭的精英一把將丹陽宗的修士推開，眾人異口同聲道：「認識！」

然後他們就順利地「拿下」了魔族少主，好吃好喝地一路招待，將他送回了臨時做為開戰大本營的丹陽宗。到達丹陽宗門口時，他們和去往妖界禦敵的精英們不期而遇。

見他們人人跑得一身狼狽、如臨大敵，不由得慶幸自己遇上的是溫潤如玉的魔族少主，而非那個傳說中極為凶殘的妖王。

帶隊的精英弟子忍不住開始幸災樂禍，「閔道友，是不是妖獸們火力太猛，你們頂不住，跑回來了？」

另一位隊長面色古怪地搖搖頭，為難道：「在下好心幫妖王付了入城的下品靈石，不料妖王的品性竟然如此高潔，執意要送出手下六、七、八階的妖獸做為回禮。真是頭疼，我不要，她非要送，就一路追著我們跑回來了。」

耳朵特別靈敏的眾掌門長老：「……」

一個照面就擺平了殘暴的妖王和陰狠的魔族少主，我大修仙界這是要崛起了嗎?!

戰事未起，四海昇平。

妖王和魔族少主親自現身丹陽宗，且聽弟子們對這兩人齊聲稱讚，翁掌門身為一派之首，自當盡地主之誼，熱情地設宴款待。設宴的地點無需多言，定在了他自己的洞府。

一開門被眾人抓個正著的文舞、張仙子和胡長老：「……」

很好，最危險的地方果真就是最危險。

門內外的人面面相覷之際，一隻巴掌大的小白兔蹦蹦跳跳地跑進來，「嗖」的一下竄進文舞懷裡。眾掌門長老齊齊倒吸一口涼氣。

而後卻見小白兔對著她擠眉弄眼，一副關係不錯的樣子，他們的心情再次變得複雜。認識仙人就算了，怎麼跟妖王好像也挺熟的？這個燒火丫頭到底是什麼來頭？

文舞忍著笑，摸了摸長長的兔耳朵，「小白兔，這個身高妳還滿意嗎？」

俞心照衝著她齜牙咧嘴，「我才三歲半就八百一十公分高，妖族三百歲成年，到時我得長得多高？」

文舞認真算了一下，一臉凝重道：「不知道，這個太難了，我數學不好。」

俞心照：「……」

玄玉仙尊此時也驚訝於文家這個么女的人脈，對她越發勢在必得。不過他好面子，頂多給她個機會主動認錯。為了彰顯化神修士此界第一的風範，他輕咳兩聲，對文舞道：「別胡鬧了，還不快把妖王放下，過來隨本尊一同入席。」

文舞可不怕他，大方地朝他翻了個白眼。不待她開口嗆人，溫思睿已經推著輪椅越眾而出，半點不留情面道：「我們家小舞帶隻兔子入席也罷，為何要跟王八蛋一起吃飯？」

來了來了，仙尊和魔族少主的口水大戰。這兩人可是有情蠱、斷腿之仇，剛剛碰面沒立即打起來，大家心頭都吊得老高，現在可算踏實了。

被Cue到的兔子朝溫思睿輕哼一聲，「兔子怎麼了，你嫉妒本王有仙子抱？」

溫思睿看向文舞，溫和一笑，「是啊，本少主很是嫉妒。」

文舞：「？」

她覺得溫隊長說話怪怪的，可是一時又說不出哪裡有問題。

盯著溫思睿看了片刻，文舞下意識地讚嘆一聲，「少主真好看啊，眉心的三道魔紋好漂亮，亦正亦邪的氣質也格外吸引人，一不小心就會讓人淪陷。」

她當了這麼多年讀者，最喜歡的就是盛世美顏的病弱反派，對這個畫風的溫思睿簡直毫無抵抗力。

一身仙氣的仙仙子嘟起嘴，揪著文舞的袖子搖了搖，一臉委屈。

文舞好笑地拍拍他的手，低聲安撫，「仙仙子也很好看，我只是個人偏愛反派而已。」

站在她身後的應准微微蹙眉，周身純淨的靈氣悄然泛起波瀾。

劍靈，還是一個劍氣自帶劫雷之威、可斬妖除魔的劍靈，這是毋庸置疑的正派形象吧？

不多時，宴席準備妥當，瓊漿玉液、美酒佳餚。一頓飯吃下來，妖王、魔族少主和眾道君傳杯換盞，迅速打成一片，應准卻始終在思考這個深奧的問題。

酒過三巡，氣氛融洽。文舞趁機提議，「機會難得，不如各位前輩商量一下和諧建設修仙社會，共用資源、互助飛升的事宜？」

三界大戰、生民塗炭的劇情她還沒忘呢，一定要杜絕這種可能性。

俞心照兩隻耳朵豎起來，臉蛋粉粉嫩嫩的。她點點頭，「沒問題，我來時就已經交代下去了，以後修仙界不會有妖吃人的傳說，只會處處流傳妖的報恩。」

玄玉仙尊覺得妖王過於好說話，擔心有詐，手指掐訣施了個法術，眾人中間的蓮花池便憑空飛起一片四方形的水幕。水幕一分為九，九個方格中折射出人間百態，畫面各不相同。

第一個方格中，一個砍柴的少年，在大山裡偶然救了一條被天敵咬傷的小白蛇，小白蛇為了報恩，當場扭動纖細的身軀，為他高歌一曲。

「啊——啊——啊——啊——啊！」一聲比一聲高八度。

砍柴少年神色了然，聽說這片的白蛇報恩時都喜歡唱這首歌。

他微微一笑，熟練地接著唱道：「咚咚咚嘿，咚咚咚哈，千年等一回～」

小白蛇嘴角抽了抽，「不是，恩公，你踩到人家尾巴啦，麻煩抬一下腳，媽的真疼。」

砍柴少年：「……」

圍觀水幕的大師們被逗得哈哈大笑，待看過其他幾個方格中的各式報恩，對妖王的話信服不已。

「妖王高義啊！」

「仙妖兩界從此友愛互助，情比金堅！」

說話間，水幕的畫面一轉，呈現出魔修們的一言一行。

只見魔魔氣急敗壞地跟一個練氣弟子吵嚷，「不行，這塊極品靈髓你一定要收下，道友好心幫我指路，我怎能不表達謝意？如果你不收，那我就一直纏著你，定要你夜夜做美夢，提高你的睡眠品質！」

練氣弟子瑟瑟發抖，咬牙掏出自己偶然在祕境中得到的高階魔器，不由分說地往魔魔懷裡一塞。「前輩，極品靈髓太貴重了，晚輩不能收。這個你拿去用，求求你放過晚輩吧。」

魔魔眼一亮，難怪少主讓他們出來後一定要保持風度、懂禮貌，原來還有這等好事？

他以前光顧著跑過來跟修仙者幹架，還是頭一次發現，他們竟然如此可愛！

此後，他每走三步必定問一次路，極品靈髓沒送出去，反倒收到了一大堆對修仙者無用的魔寶……

水幕前，大師們神色古怪的頻頻偷瞄魔族少主。

——這是貴界新開發的問路打劫嗎？別說，倒是挺友好的。

溫思睿笑而不語，內心風中凌亂。

總之，宴席結束後，修仙界傳出了兩件大新聞。

第一件，妖王、魔族少主和仙尊做為代表，正式簽署了《三界和諧發展條約》，從此人間再無戰事。

第二件，文舞的劍靈應准宣布墮入魔道，誰勸也沒用，原因成謎。

雖然是第一次當反派，但應隊長是個一絲不苟的軍人，要做就要做到最好，專業知識不能落下。彼時，應准手持書卷看得仔細，卷名《論反派的日常修養》。

「書上說：做反派，就要隨心所欲。」

他念隨心動，一道劍氣攜帶著劫雷之威，朝旁邊的群山劈去，將延綿的山脈一分為二。山間的瘴氣剎那間滌蕩一清，黑山黑水化作山明水秀。

應准點點頭，拿捏住這個隨心所欲的氣質，又換了一本《頭號反派教你如何玩轉三界》。

「這位前輩說：要讓每個看到你的人都感到頭疼。」

他不禁陷入沉思，這個說起來簡單，執行起來卻有多種方案。具體操作還是和本書的作者溝通一下為妙。

應准踩了一腳「頭號反派」的屁股，「請問這位前輩，你是怎麼做到讓所有人看到你都頭痛不已的？」

鼻青臉腫的頭號反派：「嚶嚶嚶，老子——咳咳咳，小的就是撒一把噬腦蟲，蟲子小到非化神修為不能發現，只要一咬，他們自然頭疼。」

應准：「……」

邪魔歪道，不走正路。他的腳踩得更用力了一些。

頭號反派痛苦求饒，「魔尊饒命，紅花還須綠葉襯，您要當反派，得有正派修士襯托啊。如今三界和平友好互助，沒前科的都跑到修仙界問路去了，我們留下來的本身就是大壞蛋，我們都是自己人——唉呦！」

應准覺得有道理，忽然又道：「你覺得，我好看嗎？」

頭號反派：「！」

來了，這個致命的問題，已經讓整個魔界的惡人為之顫抖！至今就沒一個人能給出正確答案！

回答好看，這位新晉的魔尊大人會冷笑一聲：「廢話，這還用你說？」

回答不好看，這位新晉的魔尊大人根本不說話，直接動手揍一頓。

所以，到底好看還是不好看，這是個深奧的問題。

頭號反派絞盡腦汁，最終狗腿地給出一個時下流行的對照組，「魔尊大人比我們魔族少主還要好看！」

應准一瞬間回想起初入魔時文舞的反應，鬱悶地一腳將這位作惡多端的前輩踢飛。

時間退回到丹陽宗那場宴席結束，他宣布墮入魔道。

當時一股至純魔氣自地底而來，直衝腦海，世間諸般惡念一齊湧向他，想要將他鯨吞蠶食。幸虧他進行過反審訊的高強度訓練，意志力非比尋常，一番拉鋸後順利黑吃黑，修為更是一飛沖天、堪比化神。

只是，文舞擔心過後，看著他不解道：「阿准，為什麼你入魔了，卻沒有那三道妖冶漂亮又神祕的魔紋啊？」

應准當時就有種不妙的預感，緩緩轉頭看向溫思睿。

溫思睿一根手指點了點自己眉心的殷紅魔紋，輕笑道：「你們說這個啊，是我氣色不好、臉色太蒼白，所以用朱砂隨手一點的。」

文舞嘆氣，「原來是這樣，我還以為是魔族自帶的標誌，之前喜歡得不得了。」

溫思睿搖頭，「非也。今天是三道魔紋，明天或許是一隻小白兔，後天再換隻老鷹。對了，小舞妳喜歡什麼圖案？」

文舞：「……」

應准：「？」

所以我學學化妝就行了，為什麼要入魔?!

再強大的人也有弱點，有時候崩潰就只在一念之間。推翻了天地間所有惡念的應准，因為文舞覺得他入魔了也沒有魔紋、沒反派的氣質，一氣之下真的入了魔。

【So sad】.jpg。

不用勾心鬥角，人妖魔開始一起忙修煉，日子過得飛快。

文舞更帶頭建立了一家閒寶閣，專門為三界修者買賣、置換閒置不用的法寶資源。

玄玉仙尊看到文舞的人脈和鈔能力，深夜造訪文家，暗示文家家主去丹陽宗認回么女，再將人送給他一次。

次日，文家家主率領一眾族老前去認親，半路上卻偶遇魔尊應准，被打得個個當場指天發誓要背叛出逃文家。成了光杆司令的文家家主更是經不住應准的審訊手段，當眾說出了玄玉仙尊的計謀。應准用留影符記錄下這一幕，然後瘋狂複製貼上，廣發三界修士。

人修、妖修、魔修齊齊譁然，最近被冷落的蘇仙子更是氣得咬碎一口銀牙，摔爛滿屋子的東西。

從此以後，應准彷彿終於找到了做反派的正確方式，每天找仙尊約架，打完人再順手搶他幾件法寶丹藥。而這些人人趨之若鶩的寶貝，當晚必定會出現在文舞的洞府中。

戰鬥力兼顏值雙天花板的愛情，就是這麼得單純不做作。

等到仙尊從化神巔峰，被一層層打到化神初期，眼看還要繼續掉級變成元嬰，他才從蘇夢口中聽說此事，如夢初醒。

「我就說那個劍靈怎麼就盯上我了，原來是踩著本尊哄心上人，真是氣煞我也！」

然後他一氣之下，咬牙將數百年珍藏一股腦地送給文舞賠罪。沒辦法，誰叫他打不過！

「文小姐——不，文大姐，這些頂級法寶和珍稀丹藥還請妳收下。算本尊求妳，正視魔尊大人對妳熾烈又誠摯的心意，讓他換個其他的表白方式，可以嗎？」

你們談情說愛也罷，能不能別用這麼凶殘的方式，而且還只對我一個人凶殘！

文舞被玄玉仙尊這一百八十度的轉變看呆，召喚出文章頁面更新了下，發現依舊沒更新，他並非被劇情影響。所以，原文男主角這是被應准打到脫離人設劇情了？

文舞勉為其難地收下裝得滿滿的儲物戒指，笑道：「你應該誤會魔尊了，他就是想打你，不是跟我表白。」

「我是在和妳表白。」

魔尊應准忽然現身屋中，一把揪住仙尊從窗外丟出去，專注地看著文舞，又強調了一遍：「他沒說錯，我就是在表白。」

文舞看著他眉心三道極致妖冶的魔紋，微微一怔，下意識反問：「你說什麼？」

應准一瞬露出他對著鏡子練習了上萬次的，溫柔中帶一絲邪氣、桀驁中帶三分真誠的頂級反派笑容。

「我說，這位仙子，我喜歡妳。」

文舞愣了片刻，臉上忽而綻放燦爛的笑容，「真巧，這位魔尊，我也喜歡你。」

窗外懸崖下。

妖王俞心照看著被摔暈過去的仙尊，嘖嘖兩聲，「應隊長真夠狠的，封了靈氣才扔下來，以前怎麼沒發現他這麼小心眼？」

魔族少主溫思睿抬頭看向崖頂，淡淡道：「妳說，我現在把仙尊再扔上去，還來得及嗎？」

「來得及什麼？」俞心照一邊熟練地「摸屍」，一邊問。

溫思睿耳根微微一動，靜靜地垂下眸，笑著搖了搖頭，「沒什麼。」

既然來不及，那就祝福好了。

修真無歲月，一晃過了八年。

八年間，三界修者的修為普遍坐著火箭竄高，仙仙子也因為無聊，自動操起老本行，每日飄在空中教大家如何煉丹煉器、製符布陣、克服心魔……等等。

這一日，閒到發霉長蘑菇的系統終於驚喜地喊了一聲，**「宿主，寫作軟體更新了！」**

文舞一激動，靈氣紊亂，「砰」的一聲炸了丹爐。

文舞：「……」

我懷疑你已經被策反，並且打算人道毀滅本宿主。

她腹誹一通，手上卻第一時間滑出文章頁面，更新出久違的最新章節——「無盡深淵」。

文舞眨眨眼，微有些赧然道：「要不是它還在照著劇情走，我都忘了還要去救作者了，嘿嘿，修仙真香。」

系統：**「……」**

與此同時，在那日間烈焰燃燒、夜間寒流侵襲的無盡深淵底部，作者冬至感受到封印出現一絲鬆動，冥冥中仰頭望天。「文舞，妳可還記得無盡深淵的作者冬至？」

記不記得冬至仙子不確定，但三界修士可都沒忘了當年天火現世、燒透了整片天空的壯觀景象。

感受到無盡深淵的封印終於鬆動，重回化神巔峰的玄玉仙尊第一個駕駛獸車朝南飛去。與他同行的正是以身飼情蠱、共用化神修為的蘇夢。這是他們從魅魔手中換來的絕版雙修功法，仙尊可解決情蠱催生心魔的難題，蘇夢亦可一夜之間從築基期生升至化神，皆大歡喜。

妖王俞心照、魔族少主溫思睿各自帶領本界修士，同樣朝南方快速前進。雖然不知道文舞打算怎麼做，但她說過，這次潛入祕境，或許是大家重回末世的唯一契機。

文舞本人則和魔尊應准一路手牽手，賞花賞月賞天光，壓著丹陽宗的隊伍慢騰騰地趕路，期間陸續被其他幾大門派超過，也絲毫不急。

張仙子受不了他們兩人這戀愛的酸臭氣息，傳音提醒，「小師妹，我們要不要也加速。師父他老人家打聽到了，無盡深淵的天火，極有可能是上界鳳凰的涅槃之火。」

文舞笑著傳音回她：「不是極有可能，那就是上界鳳凰的涅槃之火。師父真厲害，才八年就打聽清楚了。」

畢竟她通過閒寶閣那麼努力地放出假消息，干擾各方判斷呢。

張仙子恨鐵不成鋼，又道：「那妳知不知道，只要我們能搶到一小簇，師父他老人家就能煉出仙丹，進階化神。而那仙丹還有五成機率能幫魔族少主根除腿疾，讓他重新站起來？」

想到吃遍她煉製的各種仙丹、人胖了一圈依舊沒能站起來的溫思睿，文舞一聽立刻上了心。她鄭重道：「師姐放心，我保證，就算所有人都找不到天火藏在哪兒，但師父開爐煉丹之際，我一定把它找出來雙手奉上。」

張仙子思及宗門地火對文舞的喜愛程度，這回甚至哭著為她送行，不得不承認，她的確和火靈力極為有緣。或許別人要苦苦去尋，到了他們這裡，就是天火自己找上門？

這麼想著，她心中大定，不催了。不僅不催，她還開始有心情打量英俊的師兄師弟們，自言自語道：「戀愛的酸臭啊……誰不想試試呢？」

一個月後，各方勢力齊聚無盡深淵的外沿。

妖王、魔尊、魔族少主、仙尊凌空而立，憑藉巔峰修為，各自鎮守在封印大陣的東、南、西、北方位，合力破陣。

終年遮擋住無盡深淵的濃霧散開的一剎那，一道烈焰沖天而起，鳳鳴陣陣。

妖王當空抬起兔爪，朗聲道：「本王宣布，第九屆人妖魔全體修士運動會，即刻開始，都給我衝呀！」

一聲令下，三界修士一齊跳入無盡深淵。

應准抱起文舞，踩著桃木魔劍隨後飛入其中，徐徐降落。文舞則緊盯著文章頁面，神色逐漸凝重。原來不僅角色可以脫離劇情，作者也可以入戲啊。

『冬至仙子本就生了心魔，見到封印破開，玄玉仙尊大步朝她走來，一瞬間受到刺激，大驚大喜，崩潰哭喊道：「仙尊，你終於來救我了，我是你的歌兒啊！」

『她滿腦子都是對仙尊的愛意，見仙尊身邊跟著蘇夢，嫉妒得紅了眼，「仙尊，我知道天火在哪兒，她是我的火靈，我願意把她獻給你。求你帶我走，帶我走！」』

文舞知道這不是作者的本意，輕嘆一聲垃圾劇情造化弄人。

「早知今日，妳當初就不能好好塑造一下人設嗎？」

她握住光筆，想了想，將「仙尊」改成了「兒子」。

冬至是作者，男主角是她親兒子，沒毛病。

下一秒，急切想要得到天火、飛升上界的玄玉仙尊第一個衝下深淵，來到當日關押冬至仙子的洞穴中。冬至仙子沒想到還能再見到這個男人，當即崩潰大哭，「兒子，你終於來救我了，我是你的——」

邏輯衝突，劇情自動修復，「——我是你的親娘啊！」

仙尊：「？」

這女人瘋得可真徹底，看樣子是問不出什麼有用的線索了。

作者冬至獨自在無盡深淵被關了整整八年，精神瀕臨崩潰，多虧文舞這次修改，她幸運地擺脫角色束縛，從魔怔中甦醒。

「哈哈哈哈，我的天，我真是自作自受，怎麼就把你們兩個塑造成這副德行，一個茶氣沖天暗中陷害我，一個油膩又自以為是，難怪讀者罵我寫的是渣男賤女配一臉，哈哈哈哈我沒瘋！」

冬至仙子自嘲地笑了一會兒，忽然冷下臉，對面露不耐的玄玉仙尊道：「勸你放了我，從某種意義上來說，我的確是你親娘。你不是一心想飛升？對我這麼不孝，小心被老天爺清算，打雷劈死你這個小兔崽子。」

玄玉仙尊不悅地皺眉，「念在妳過往對本尊一片痴心，本尊便寬恕妳一次，莫要再說這些瘋言瘋語，否則休怪本尊對妳不客氣。」

他猛一甩袖，轉身大踏步往外走。

『走到洞穴出口處，冥冥中似有所感，他猛然往後退一步。一道天雷斜劈而下，最後的打擊點正是他剛剛站立的位置。

『雷光散去，只留下一片焦土，好險。』

彼時，文舞正在趕來的途中，在末世習慣了牽應隊長的手，現在則全程被應魔尊抱著飛。她專心盯著劇情的走向，見仙尊人沒事，立刻路見不平、握筆相助，將「往後退」改為「往前走」。

下一秒，玄玉仙尊冥冥中似有所感，猛然往前走一步、邁出洞口，精准地迎上了斜著劈下的天雷。雷光散去，只留下一具「焦屍」，好慘。

躺屍的玄玉仙尊：「……」

不對，這事有點邪門，他得躺著好好琢磨琢磨。

與此同時，蘇夢故意落後玄玉仙尊一步，留在洞內沒立刻跟出來。

冬至仙子用目光描繪著蘇夢這張堪比國民初戀的臉，心道：女主的確很漂亮，是她想像中白月光的模樣，但這性格怎麼就長歪成這樣？

她重重一嘆，「玄玉那個傻子聽不懂我在說什麼，但妳應該能聽懂吧？妳的設定可是穿書白領，是我筆下的親閨女。」

「蘇夢深深看冬至仙子一眼，勾起紅唇莞爾一笑，「我當然聽不懂啊，仙尊說得對，妳的確病得不輕。」

『說完，她露出一個惡意的笑容，神識傳音道：「想套話，讓我在仙尊面前露出破綻？妳瘋了，但我可沒瘋，我為什麼要承認這種不現實的事情，妳說對不對，這位小瘋子？」』

文舞一臉同情地看完女主角和作者的交鋒，手握光筆，飛速將「聽不懂」改為「聽得懂」。

下一秒，洞穴內的蘇夢看著冬至仙子的眸色轉深，輕輕勾唇莞爾一笑，「我當然聽得懂啊——」

邏輯衝突，劇情自動修復。蘇夢撕掉了平日裡的溫柔偽裝，惡聲惡氣道：「呸，不就是部雙女主角穿書的狗血修仙小說，當誰不知道呢？老娘我是白月光，妳是替身，我們兩個都知道劇情的走向，但是兩個只能留一個。所以我一察覺不對就先下手為強，借仙尊這把刀把妳幹掉，現在明白自己為什麼會輸了嗎？

「還自以為隱藏得天衣無縫，也不想想，真要是本土人，怎麼可能看得懂我優雅地衝著人展示中指上的靈戒，重點是豎起的中指而不是戒指？當我沒發現，妳嘴角一直在抽動？」

冬至仙子：「？」

邏輯縝密，思維清晰，真想給文下那些追著她罵的讀者瞧瞧，誰說她寫的女主角是個智障，這不是很陰險嗎，罵起親媽來口沫橫飛的！

她憤怒地質問：「妳終於肯承認，當初是妳害我走火入魔，也是妳殺了人，栽贓嫁禍給我了？」

『蘇夢緊緊蹙眉，揉著額頭，她覺得自己剛剛不大對勁。可能是受了這深淵底部魔氣的侵襲，竟開始胡言亂語起來。

『不行，我不能再開口了，說多錯多，禍從口出。』

文舞看到這裡，不由得「嘖嘖」兩聲：看吧，這就是女主角光環了，分分鐘擺脫篡改劇情的束縛。好在八年的漫長時光，不說文舞自己持之以恆地刻苦修煉，單是把應大魔尊四處滌蕩的作惡魔物換作修仙貢獻點，都夠她修完一本百萬字的大長篇。

而她的『筆給你，你來寫』系統也經過N次升級，修改許可權從初來乍到的單章五次大幅提升。她毫不猶豫地再次落筆，將「不行，我不能再開口」這一句，整體修改為「不行，我不能再逃避了，坦白從寬，抗拒從嚴。」

洗心革面重新做人套餐，女主拿好不謝。

下一秒，蘇夢的想法連續幾個急轉彎，最終下定決心，坦然地點了點頭。

「是我做的，我重金收買了妳的侍女，令她在妳的床下藏了一塊魔玉。妳每日躺下睡著，都會被一絲駁雜的魔氣侵入腦海。久而久之修煉，自然走火入魔。」

冬至仙子咬牙，「難怪妳失手擊殺了那個侍女，原來是為了滅口。所以栽贓我大開殺戒的事，也是妳們倆串通一氣？」

蘇夢這回卻搖了搖頭，目露憐憫道：「沒做過的事休想賴在我頭上，那分明是仙尊心魔發作，失手傷了無辜，為了保住他自己的顏面，順勢讓妳背黑鍋。妳也不想想，若非化神修為，誰有本事一招殺死一大片？」

冬至仙子：「……」

這是什麼不孝子女，她當初還不如直接寫兩塊叉燒一起修仙！

她氣得心口疼，身體一縮，縛在手腕、腳腕上的禁靈鐵鍊便「嘩啦啦」一陣響動。

事實已經很清楚——

她為了升級『婉拒寫作指導』系統，不聽讀者的建議執意亂寫，憑實力把男女主角寫成反派，而後自食惡果。如果上天能再給她一次機會，她一定不那麼倔強，老老實實地道歉修文。

「對了，文舞呢，她怎麼沒來？」冬至仙子懊悔之際，鬼使神差地問了一句。

然後她猛然醒悟，難怪今天的蘇夢這麼配合，問什麼說什麼，她押一根鐵鍊，這百分百是文舞搞的鬼！哦不，是文舞幫的忙！

誰能想到，八年前陷入絕望之際，她唯一想到的救命稻草，竟然是最先被她一句話送進末世的讀者呢？也不知道她這些年在這邊混得怎麼樣，會不會水土不服？

冬至仙子不經意間瞥見蘇夢在聽到這名字後的鬱悶表情，頓時福至心靈——

看來文舞混得相當不錯。瞧蘇夢這憋屈樣，這些年應該被她折騰了不少次吧，是吧是吧？就知道沒人能逃得出文舞的手掌心，她不行，徐欣怡和蔣之田不行，蘇夢和耿玄玉一樣沒戲。都是她創造出來的角色，大家半斤八兩，難不成還能比她本人更聰明嗎？

哼，未來就讓這對不孝子女在文舞的恐怖統治下，使勁地顫抖！

說曹操曹操到。

一路沒閒著的文舞終於和魔尊應准一同現身。

見玄玉仙尊依然在洞穴門口躺屍，身上散發著燒焦味，兩人禮貌地選擇無視，快速繞過他走了進去。

玄玉仙尊的目光暗暗尾隨了文舞一段距離，直到應准突然回頭看過來，他「嗖」的一下闔上眼睛假寐。小氣鬼，不看就不看，有什麼了不起？

轉念一想，文舞和冬至仙子可是姊妹，興許知道所謂「我是你親娘」的內情，他這才忍痛起身，一瘸一拐地重新回到洞內。

於是幽暗狹窄的封印洞穴中，作者、原男女主角、擁有實際戲份的男女主角，五人初次在書中聚首。書外，看熱鬧的讀者們激動地嗷嗷直叫，紛紛留言吶喊：「修羅場，名場面，打起來，打起來！」

洞穴中，五個人之間的氣氛卻安靜異常。

冬至仙子最先沉不住氣，看著和蘇夢九分像的文舞，詫異道：「妳就是留言區的不能文卻能舞？」

文舞也仔細打量完眼前一身鎖鍊的人，感慨萬千，「妳就是這兩本書的作者冬至啊。」

兩個女孩子凝視彼此片刻，異口同聲地說了句——

「唉，誰叫妳給我筆。」

「唉，誰要妳這般胡作非為了。」

最終書中相見的讀者和作者：「……」

玄玉仙尊聽得一頭霧水，不由開口道：「你們剛才說的什麼書、作者，是指凡人愛看的那些無聊至極的口水話本，和三餐不繼的潦倒書生？」

冬・昏倒作者・至：「……」

謝謝，有被冒犯到。她心裡不爽，冷笑一聲，「別問，我就是你親媽。」

有文舞在場，她和男主角對嗆底氣十足。

玄玉仙尊覺得冬至仙子不可理喻，轉而看向文舞，「如妳所見，妳長姐病得不輕，她口中所言妳可知是何意？」

文舞笑笑，「你不是聽到了，她是你親媽，那我就是你後媽。你們對親媽不好，把她關到這裡，她一氣之下就把我弄過來了，專治各種不孝。」

蘇夢聞言，總算反應過來兩人先前的對話為什麼那麼奇怪，盯著文舞高聲驚呼，「等一下，妳也是穿書過來的？」

文舞點頭，欣賞著她自信的表情一寸寸龜裂。

四層俄羅斯娃娃女主角，原書的替身、穿書的蘇夢、穿書的冬至、穿來穿去的文舞。就問驚不驚喜，意不意外？

說話間，妖王俞心照、魔族少主溫思睿、上界使者仙仙子也相繼現身，配合文舞和應准的站位，隱隱將仙尊和蘇夢包圍起來。他們在末世一同出生入死培養出的戰鬥默契，自然比八年之癢、早已同床異夢的男女主角強得多。

玄玉仙尊哪還顧得上糾結親媽的問題，當即對著應准義正詞嚴道：「三界如今是一家，天火有靈能者得之。你們不去尋機緣，卻來聯手針對本尊，是否有違道義？」

如今的魔尊亦正亦邪，打起架來狠得不得了。他堂堂仙尊不屑與之斤斤計較，生氣也僅限於口頭譴責而已。

文舞收到應准的目光詢問，假裝思考之際快速瀏覽完下面一段剛更新的劇情，不著痕跡地點點頭。接下來半個月，這兩人會一門心思去找天火，不會來礙事，那就沒必要動手了。這段時間足夠胡長老煉製仙丹，溫思睿的腿也將有希望復原。

應准側身讓開，「兩位可以離開了。」

玄玉仙尊看了蘇夢一眼，腦子裡閃過她方才在洞中和冬至仙子的對話，心中一陣厭煩。然而思及兩人特殊的功法，合則兩利，分則兩弊，他一轉眼露出寵溺無邊的笑容，摟著蘇夢親親熱熱地離開。

文舞忽然看向冬至仙子，「怎麼樣，妳自己覺得油不油？」

冬至仙子：「……」

打發走外人，文舞終於放輕鬆，對幾個小伙伴笑道：「不出意外的話，我們只有半個月的探索時間。我跟冬至仙子打算去看胡長老煉丹，勞煩三位隊長在深淵裡四處逛逛，盡可能多找點有意思的土特產，我們稍後帶回去，給溫司令他們一個驚喜。」

應准微笑頷首，眨眼的工夫便馭劍消失在天際。

俞心照走出洞穴，變成八百一十公尺高的巨型大白兔，蹦蹦跳跳地離去，每一下都震得附近地動山搖。

溫思睿輕輕拍了拍浮空木做的木輪椅，拉著想膩在文舞身邊的仙仙子，隨後慢騰騰地飛遠。

冬至仙子目送他們離開，總覺得有哪裡不對勁，她好像忽略了什麼不得了的細節。

思來想去，她猛然道：「等一下，那隻兔子不是妖王蕭百屠嗎？妳剛才為什麼喊牠隊長，還要帶土特產送給溫司令？」

文舞一臉無辜，「妖王是俞心照，俞隊長啊。」

冬至仙子抽了抽嘴角，腦子裡冷不防地跳出另一個坐輪椅的人，瞪大雙眼道：「魔族少主該不會是溫思睿吧？」

文舞乖巧點頭。

「那那個魔尊劍靈，就是全程眼裡只有妳的那個大帥哥，難不成是應准？」

文舞微微意外，「這妳都能猜到，不愧是作者，厲害啊。」

冬至：「……」

我厲不厲害不知道，但妳是真的厲害了。我叫妳過來救命，妳竟然帶著末世的隊友組團過來挖土特產？

她滿心無語，快步追上文舞，跟她趕到丹陽宗的駐地，並排坐到了胡長老的丹爐前。

文舞尊重胡長老對丹道的追求，不會動筆干涉，但小伙伴們找資源的速度卻可以人為協助一下。

『妖王俞心照「咚咚」地蹦著，意外遇到了死對頭，一番激戰後受傷逃走，此行一無所獲。』

「遇到」改為「踩到」。

下一秒——冬至仙子焦急地對著面前的空氣一陣狂戳，「婉拒婉拒，給我婉拒。文舞妳別亂改，動筆前好歹問我一聲，妳知道妖王的死對頭是誰嗎？」

文舞歪頭，「管他是誰，被八百一十公分高的俞隊長踩一腳，下場都一樣，正好順手繼承遺產，收穫滿滿。」

冬至仙子一臉崩潰，「那是一隻修出人身的臭蟲啊，不能踩！」

話音未落，一陣沖天臭氣襲來，所有人的面色同時一綠。

冬至仙子：「……」

她捏著鼻子問：「我的系統都九級了，為什麼還是沒辦法婉拒妳的寫作指導，妳系統等級很高嗎？」

文舞謙虛一笑，「還好，比妳多三個九而已。」

冬至仙子了然，「都三十六級了啊，真高。不過也是，畢竟我被關了八年。」

妮妮壞笑的聲音忽然在文舞腦海中響起，**「嘿嘿，才不是三十六級，是九千九百九十九級哦。」**

冬至仙子聽不到妮妮的糾正，卻能聽到婉婉聲嘶力竭的尖叫，**「嗷嗷嗷，九千九百九十九級！同樣是系統，為什麼別人好像氪金玩家！」**

冬至仙子：「……」

大人妳隨便改，我躺平還不行嗎？

『魔尊應准馭劍而行，無意間瞥到一株百年靈草，順手挖出來收入儲物戒指中。』

文舞不假思索地動筆，「一株」改為「億株」，「百年」改為「萬年」。

冬至仙子看著自己眼前彈出來的婉拒提示，抽抽嘴角，「妳怎麼不乾脆把後面也改成億年靈草？」

文舞反問：「妳看小說，見人寫過億年靈草嗎？」

見對方搖頭，她這才語重心長道：「改文呢，知足最重要。萬一不小心改崩了，最後連株狗尾巴草都沒有。」

冬至仙子：學廢了學廢了。

Fin
最後一筆

半個月後。

在整個丹陽宗的齊心協助下，胡長老的仙品大還丹終於進入到最關鍵的凝丹時刻。

眼看即將成功，丹爐底部的地火卻扛不住四溢的仙丹氣息，紛紛熄滅，進而導致熱度驟減，凝固的丹藥緩緩融化開來。這就是為什麼張仙子說胡長老需要一簇天火了，此時此刻，唯有天火才能不懼仙丹威勢，繼續燃燒。

文舞見狀，毫不猶豫地當眾跳進丹爐，驚呆了眾人。而後便見一道灼目的烈焰從爐中沖天而起，空中隨即祥雲呈現，龍鳳爭鳴，正是當日無盡深淵有天火現世的異象。

看到這一幕，胡長老、張仙子等人紛紛錯愕。

因為文舞事先的篤定，他們猜到了她和天火有關係，又或者早已經悄然收服了天火。

萬萬沒想到，她就是天火本火！

不久後，一枚圓潤的九紋金丹從爐中徐徐浮起，天空中立刻飄來一片烏雲，電閃雷鳴。

文舞從丹爐裡探出頭，以火焰之姿衝上雲層，在雷雲中游來遊去，像一尾靈巧的金魚。而後猛然捉住藏在角落裡瑟瑟發抖的雷龍，一頓亂揍，揪著龍角騎著牠飛下來。

「仙丹得歷劫才能發揮最大效用，去，輕輕碰一下，然後我就放你回去。」

雷龍八年前就聽說過「文舞和肉龍」的暗黑童話故事，當即討好地笑了笑，伸頭對著仙丹輕輕一吻。

——啾！雷劫散，仙丹成。

文舞貼心地將雷龍送回雲端，下來時卻見溫思睿坐著輪椅，瘋了一般地衝到丹爐前，抱著仙丹無聲落淚。

「小舞，小舞妳怎麼這麼傻，如果站起來的代價是失去妳，我寧願——」

文舞倒著飛下來，腦袋突然出現在溫思睿臉前，「溫隊長，我不傻。」

關心則亂的溫思睿：「……」

他一口吞掉仙丹，二話不說地站起來大步地走遠。

太尷尬了，他要連夜逃離修仙界。

此後不久，胡長老當場頓悟，進階化神，再次引來雷劫。

同時玄玉仙尊和蘇夢也發現文舞就是天火火靈的真相，趁機緊挨著胡長老雙雙進階。

『一番雞飛狗跳後，胡長老順利渡過化神雷劫，玄玉仙尊和蘇夢也借助涅槃天火之威，避開天道對他們這種近似邪修功法的懲戒，成功開啟通往上界的一線天機。

『須臾，但見一隻仙鳳從上界飛來，展翅憑空翱翔一圈，而後用鳥喙銜起文舞，一飛直沖九天……』

看到這裡，文舞知道，她終於迎來了盼望八年的閃亮時刻。跟胡長老、張仙子等人辭別後，她囑咐幾個小伙伴，「大家做好準備，回家的路就要出現了。」

握住光筆，將「通往上界」改為「通往α星」。

下一秒，天空中出現一片奇異的海市蜃樓，裡面有一群活潑可愛的小學生，正在老師的帶領下參觀一六八救援基地舊址。

看著全國迄今保存最完好的一塊沙地景觀，孩子們嘰嘰喳喳地問：「老師，什麼是末世？」

老師笑著解釋，「九年前啊，α星遍地都是這樣的黃沙，人們缺衣少食，還要被變異的動植物襲擊，後來，末世的曙光出現了……」

須臾，但見一隻變異公雞從海市蜃樓中飛出來，展翅憑空翱翔一圈，而後一個急剎停在文舞等人身前。「主人妳好，我是妳的專屬愛雞，編號一六八，真高興能再次為妳服務。飛雞即將起飛，請乘客們趕緊登雞。」

文舞：「……」

她一時又想哭又想笑，兜兜轉轉這麼久，他們終於可以回家了。

一行人騎上變異公雞，隨著牠振翅一飛，直衝九天。

與此同時，玄玉仙尊和蘇夢也飄向了半空中的海市蜃樓奇景。

蘇夢疑惑：「上界原來是這樣的嗎？怎麼和玉簡中記錄的不太一樣，好像也沒靈氣的樣子……」

玄玉仙尊沉思少時，自通道：「可能是某個不為人知的上界祕境，總之先進去再說。」

兩人距離較近，先一步進入海市蜃樓裡的奇景。文舞等人乘坐專雞隨後趕到，不料入內的一剎那突然遭遇空間風暴，在時空亂流中險些墜雞。

眾人齊心協力，總算穿過亂流，降落在一個陌生的超現代化空中機場。

看著四周圍天上飛、地上跑的機甲，文舞有種不好的預感。

她看向冬至，咬牙切齒道：「作者，妳給我一個合理的解釋。」

冬至訕笑，「啊，這個，我在棄了穿書修仙那部小說之前，還為一部星際機甲小說寫了個爛尾，剛才好像又被讀者罵了——不過妳放心，這是個熱血的爭霸故事，全程打比賽，而且結局真的很爛，妳只要修個結尾就好，很快的！」

說話間，一架懸浮器憑空飄來，身穿制服的工作人員站在上面對著他們招手，「是【文武雙全】戰隊吧，怎麼現在才到。快跟我走，你們是一五八號，馬上就要上場比賽了。」

文舞看了遠處站在浮空擂臺上正在對戰的機甲一眼，試探道：「抱歉，我們沒帶機甲，主辦方會提供嗎？」

『工作人員打了一通電話詢問，而後道：「放心，你們機甲師不用對戰，比賽內容就是幫對戰的單兵修機甲，誰修得又快又好誰勝出。」』

文舞見對方已經在打電話，握住光筆，瞬間將「機甲師」和「修機甲」各改動一個字。

下一秒，那人掛斷電話道：「放心，你們美甲師不用對戰，比賽內容就是幫對戰的單兵修指甲，誰修的又快又好誰勝出。」

眾人：「……」你確定？

做為一個舞蹈專業的女生，除了日常勤學苦練，美美美也是個必修的課程。尤其跳孔雀舞時，一個鏡頭特寫會拍到手，指甲保養可不能馬虎。

文舞在上場前，火速為隊友們做了個簡短的美甲特訓，而後自信滿滿地走上賽場，三兩下便修好了某單兵選手的指甲，順手還做了個宇宙星空的立體美甲。

評委們上前查看後，紛紛大力讚賞，「這個美甲師小小年紀就很有天賦，將來成就不可限量。」

「沒錯，這麼複雜的指甲，可能就只有她才會修。」

「多少年沒見到這樣出色的美甲師了，驚才絕豔……」

一番商議後，大家一致決定將「宇宙頂級美甲師」的稱號頒發給文舞。

終於，觀賽者中有從其他星趕來的人看不下去，高聲質疑道：「好好的銀河星系機甲爭霸賽，為什麼會有美甲比賽亂入，組委會是智障組成的嗎？」

其中一個文舞覺得莫名眼熟的絡腮鬍老者呵呵笑道：「這位朋友，你眼光不錯啊，竟然一眼就看出了我們的人員構成。」

觀賽者：「？」

他感覺評委是在故意挑釁，越發惱火，「你們星球怎麼回事，就任由這個老頭在這胡說八道。他是智障，難道你們也是智障？」

周圍的本土人士齊齊點頭，七嘴八舌道：「是呀，你第一次來嗎？我們星遍地都是智障，那老頭只是其中微不足道的一個。」

「這是我們星的一大特色，你去銀河系打聽一下，誰不知道我們智障星的大名？」

「別和他一般見識，一看就是宇宙鄉下星系來的，沒見過什麼世面……」

觀賽者：「！」

文舞越聽越覺得不可思議，轉頭看向應准幾人，「你們覺不覺得，這個描述聽起來有些耳熟？」

應准、溫思睿、俞心照、仙仙子一齊點頭。大家異口同聲低呼，「這裡是β星！」

彷彿是為了印證他們的猜測，頒獎嘉賓隨後上臺，文舞定睛一看——哦哦，又是一個熟人。這不是當初帶著一群星際女裝大師偷襲他們，結果被變異葵花寶典打得落荒而逃的瑞貝卡嗎？

瑞貝卡也一眼就認出了文舞和應准等人，右眼皮一陣狂跳。她將指甲形狀的獎盃頒發給文舞，故作鎮定地笑道：「恭喜妳，文美甲師。預祝妳這顆新星在美甲界冉冉升起。」

場面話說完，瑞貝卡忽然壓低聲音，「我哥是不是被你們抓起來了？八年了，也該讓我們兄妹團圓了吧？」

『瑞貝卡表面和氣，心裡卻暗想，如果這幾個人敢不答應，那她就跟他們拚了。這裡可是β星，不是α星，她一個一呼百應的頂尖偶像還能怕這幾個外星人？』

文舞看了看她的心裡所想，思考一下後點頭。

「放心吧，等我們參加完接下來的團隊賽，圓滿完成這次爭霸，一定讓你們兄妹相見。」

瑞貝卡聞言挑眉，「好，一言為定，期待你們幾位在團隊賽場的精彩表現。」

算這幾個人識相，在她的地盤上，是龍也得給她盤著！

本次銀河系機甲爭霸賽賽程較短，整體分為兩部分：個人擂臺賽和團隊場地賽。指揮、單兵和美甲師們已經完成了個人擂臺賽的部分，所有參賽者休息整頓，三日後正式進入團隊賽環節。

絡腮鬍老者將一眾參賽隊伍帶到β星有名的雪山中，指著一條凍裂的冰河道：「這是本次團隊賽的第一賽場——極寒歲月。

「賽場內常年溫度落在零下一百八十度，呼氣成冰，最先橫穿冰河的隊伍視為獲勝，積分加十。從第二名開始積分依次遞減一分，第十名積分加一分，其後無成績。

「需要注意的是，冰河下藏有凶猛饑餓的魚類星獸，會伺機破冰而出、捕食參賽者。一旦被拖入冰洞，主辦方的工作人員亦無力回天，另外……」

文舞、應准等人一邊聽規則，一邊排隊入場。按照規則，每個參賽團隊由四人組成，其中一個指揮、一個美甲師、外加兩個戰鬥力超強的單兵。

一番深思熟慮後，文舞對【文武雙全】戰隊的分工安排如下：

應准當仁不讓出，任指揮一職、作者冬至負責美甲、她自己和溫思睿以單兵身分入場。

至於多出來的俞心照和仙仙子……

入口處負責檢查的工作人員看著文舞的打扮狂抽嘴角。

「請問，妳頭頂上這個仙人球是？」

「原生態髮夾，環保又自然。怎麼，不能帶髮夾參賽嗎？」

「能……再請問，妳脖子上這隻小白兔是？」

「原生態圍巾，保暖又可愛。怎麼，不能圍圍巾參賽嗎？」

「能……」

文舞朝一臉崩潰的工作人員點點頭，大步邁入極寒賽場。

入內只有一個感覺：冷，極致的冷。

其他隊伍的人迅速進入機甲，反應慢一步的參賽者直接被凍成冰雕，一塊塊佇立在冰河起點，而後被救助的工作人員抬下去解凍。賽事的激烈和危險程度可見一斑。

某參賽隊伍經過文舞等人身旁，譏笑一聲，「居然敢空手進場，等著被凍死吧！」

說話間駕駛著抗凍的機甲，穩步踏上冰河，大笑著揚長而去。

文舞後知後覺，問了隨行工作人員一個直擊靈魂的問題：「是誰跟我們說參賽不用機甲的？」

工作人員摸了摸鼻子，理直氣壯道：「我們只是一群智障而已，不要在意這些細節。」

文舞：「……」

不過大風大浪都走過來了，這點小挫折不算什麼。文舞一秒冷靜下來，一邊繼續散發天火熱度溫暖幾個隊友，一邊召喚出文章頁面。

一刷新直接跳到大結局章節——「第五十七章、最終一戰」。

『唉，實在不知道該怎麼寫了，想得腦殼都在痛。我把結尾大綱放上來給大家看，小天使們自己腦補一下吧。

『結尾就是：一群人在賽場裡一陣亂鬥，快要決出勝負時，這顆星球被星獸大軍入侵，所有參賽者萬眾一心抵禦星獸，友誼第一、比賽第二，圓滿結束。』

文舞：我是誰，我在哪裡，這是什麼鬼東西？

她緩慢地將頭轉向作者冬至，幽幽道：「實不相瞞，我現在只想把妳送回無盡深淵，繼續被封印個一百年。妳也太不負責了吧。」

冬至料想她是看到了爛尾的內容，心虛地別開頭，囁嚅道：「當年我還是個新人，一不小心就……」

「編，妳接著給我編，等離開這裡再跟妳算帳。」

文舞使勁瞪她一眼，心念一動，周身剎那間騰起灼目的烈焰，將幾個隊友包圍起來。

在其餘參賽隊伍豔羨震驚的目光中，她帶隊疾行，所過之處冰河融化，雪水蒸發。

冰河之下，原本蠢蠢欲動的凶殘星獸們漸漸發現不對勁。

「兄弟們，你們覺不覺得今天的河水有點熱？」

「覺得，可能是我們餓得出現幻覺了吧。」

「快看，前面有人來了，竟然沒駕駛機甲，哈哈哈，這種的我都一口一個！」

文舞看著文章頁面上不斷更新的獸言獸語，微微一笑，籠罩全隊的天火外焰溫度悄然升高。

一行人走過後，乾涸的河道裡只剩下一地烤焦的星獸，裡面混著幾個因為機甲融化、被燙得嗷嗷叫的參賽者，正是出發時嘲笑文舞他們「等著被凍死」的人。

『冬至回頭看了一眼，暗自腹誹：文舞真是小心眼，還真會記仇，就這點小事都能把人送出賽場。』

冷不防地看到這句，文舞翻個白眼，握筆稍做思考，進行了一系列的修改。

下一秒，冬至回頭看了一眼，放聲嘶喊：「冬至真是小心眼，還真會記仇，就這點小事都能把人送進末世。」

隨後收到周圍所有人關愛智障目光的冬至：「……」

她「嚶」的一聲哭出來，在心裡崩潰地呼喚系統，「婉婉，怎麼回事，文舞修改劇情的時候，我不是應該有婉拒或同意提示嗎？」

就算等級不夠婉拒不了，系統自動預設同意，但至少要給她一個心理準備啊！

系統出去晃了一圈兒打探情報，回來時哭得比她還傷心。

「嗚嗚嗚，宿主，三個壞消息，妳想先聽哪個？」

冬至：「……」不，我都不想聽！

「文舞一路擊殺星獸，星際貢獻點暴漲，就在剛剛，她又升級了……」

同一時間，文舞的腦海中陸續響起系統超級甜美的播報聲。

「恭喜宿主成功擊殺第一百隻星獸，系統自動升級，妳的修改許可權從『每章可修改九千九百九十句話』，變為『每章可修改一萬句話』。

「恭喜宿主集齊末世貢獻點、修仙貢獻點、星際貢獻點，系統額外獎勵頂級修改許可權——無視一切標點符號。」

「恭喜宿主成為第一個將『筆給你，你來寫』系統成功升到滿級的讀者，滿級特別獎勵——無視『婉拒寫作指導』系統。」

文舞：……哦！

一個日夜後，文舞等人順利地橫穿冰河，趕到極寒賽場的出口。一路上星獸紛紛退避，競爭者們由於中暑而不斷熱量離場。

絡腮鬍老者迎上他們，忍不住也問了一個直擊靈魂的問題：「請問，我們的極寒賽場呢？」

雪山的雪化了，光禿禿的。冰河的冰跟河全都蒸發了，也是光禿禿的。這還剩下什麼？

面對跟著他一起圍上來的評委和工作人員，文舞淡定道：「你們不是一群智障嗎，為什麼要在意這些細節？」

眾人聞言，恍然大悟。

「她說得對。」

「有道理啊！」

「【文武雙全】隊第一個走出來的，積分加十。」

隨後，組委會正式宣布：「本屆銀河系機甲爭霸賽的冠軍隊伍，就是來自α星的【文武雙全】隊！」

第二名到達的參賽團隊不滿，撲滅頭髮上的火後抗議道：「極寒賽場不是第一賽場嗎，還沒去第二、第三賽場，怎麼能直接宣布最終結果？」

絡腮鬍老者呵呵笑道：「誰跟你說還有第二、第三賽場了，我們總共只有一個賽場，名字就叫【第一】賽場，【極寒歲月】是暱稱。」

抗議者：「？」

不愧是一群智障，人設穩健得不得了！

不久後，文舞幾人在團隊賽的頒獎典禮上再次見到瑞貝卡，她這次不是頒獎嘉賓，而是來威脅他們兌現承諾的。

『瑞貝卡心道：敢不讓我們兄妹團圓試試看，那你們今天就誰也別想離開這裡。』

文舞從絡腮鬍老者手中接過麥克風，「咳咳」兩聲試音完畢，笑著發表了獲獎感言：「我曾經是個普通舞者，白天在舞臺上舞，夜晚在評論區舞。能有今天這番成就，還要感謝無良的作者和我親愛的隊友們……

「最後，我們答應瑞貝卡小姐，要讓她和她的哥哥團圓，所以打算帶她回α星砍柴——」

瑞貝卡的粉絲們起初還聽得津津有味，一聽要帶走頂尖偶像，瞬間開始抗議。

文舞看了帶著警衛走來的絡腮鬍老者一眼，從容地繼續道：「我會煉製啟智丹，只要你們簽下永久和平條約，將瑞貝卡引渡給α星，就能從我這裡無限量購買變聰明的丹藥。」

絡腮鬍老者腳步一頓，看了文舞一眼，又看了看瑞貝卡。

瑞貝卡衝著文舞冷哼，「妳以為這樣就可以挑撥離間嗎，連傻子都知道怎麼選！」

絡腮鬍老者隨後拍板，「人妳可以直接帶走，啟智丹先給我來一枚！」

文舞笑著和他握手：「成交。」

α星和β星締結友好關係，文舞等人駕駛著盟友提供的飛艇，帶著瑞貝卡一同返航。

『誰能想到，β星這場賽事引起了星獸大軍的注意。牠們集結了千萬隻，趁機來圍剿銀河系的各路精英。』

以前的文舞：把「圍剿」改成「圍觀」，讓這批星獸大軍目送他們一路回家。

現在的文舞：無視一切標點限制，直接將整句話修改為——

無數個電腦和手機螢幕外，從《末世》一書一路追來的讀者們期待不已，激動得嗷嗷叫。

「作者這波聯動好厲害！直接把賽場比沒了哈哈哈！這算什麼爛尾，這是神龍擺尾啊！」

「快點寫呀！這回能改成什麼，大結局來點刺激的！」

「啊啊啊不能文卻能舞，我是妳的學渣粉！」

在萬眾讀者的熱烈期盼中，淺綠色的閱讀介面上終於多出了最後一段話：

『文舞站在飛艇窗邊，朝窗外慵懶地揮了揮手。千萬隻星獸大軍整齊地跪下，異口同聲

道：「恭送女王殿下！」』

不管看書的讀者們如何興奮尖叫，書中的文舞一行人終於乘坐飛艇，順利回到α星。

溫司令看到笑著向他走來的溫思睿，激動得熱淚盈眶，緊接著看到八百一十公分高的俞心照，狠狠地抽了下嘴角。

作者冬至好奇地東張西望，被這個神奇的末世看得眼花繚亂。

「難怪文舞非要回來，換成是我，我也願意來這裡定居啊。」

她小聲嘀咕著，走路時一不小心踢到一個人，「呀，對不起對不起，我沒看到你。」

馬梓起身大方地擺擺手，「沒事，也怪我研究高級灌水術太專心，沒發現妳走過來。」

冬至詫異：「高級灌水術，是我理解的那個灌水嗎？」

馬梓笑著點頭，拿起筆、姿勢瀟灑地凌空寫了一段華麗的辭藻，方圓一百公尺頓時下起一陣濛濛細雨。轉眼雨停，天邊掛上一道浪漫的彩虹。

冬至的心跳忽然漏了一拍。她默默走到正在將修仙界土特產發給大家的文舞身旁，羞澀道：「其實，我還有一部預訂要寫的言情小說，放了很久都還沒開始寫。」

文舞：「？」

系統的聲音隨即在她腦海中響起，**「宿主，剛更新出一本火葬場言情小說，文案要素：紅眼掐腰命給你。」**

文舞咬牙切齒，掃了文章頁面一眼，將女主角那欄的名字改成「冬至」，男主：「喜歡誰就是誰」。

集爛尾、棄坑、崩文於一身的作者冬至，總要為自己的行為付出那麼一點點代價。

至於她自己——

謝邀：人在應准懷裡，剛能喘口氣，接下來全是和他的末世小黃——咳咳，小甜文。

——《筆給你，你來寫》全文完

高寶書版集團
gobooks.com.tw

輕世代 FW397
筆給你，你來寫 下

作　　者　三花喵
繪　　者　Noriuma
編　　輯　王念恩
美術編輯　莓果雪酪
排　　版　彭立瑋
企　　畫　黃子晏

發 行 人　朱凱蕾
出　　版　三日月書版股份有限公司
　　　　　Printed in Taiwan
地　　址　臺北市內湖區洲子街88號3樓
網　　址　www.gobooks.com.tw
電　　話　(02) 27992788
電　　郵　readers@gobooks.com.tw（讀者服務部）
傳　　真　出版部　(02) 27990909　行銷部 (02) 27993088
郵政劃撥　50404557
戶　　名　英屬維京群島商高寶國際有限公司台灣分公司
發　　行　英屬維京群島商高寶國際有限公司台灣分公司
　　　　　Global Group Holdings, Ltd.
初版日期　2023年5月

本著作物《筆給你，你來寫》，作者：三花喵，由北京晉江原創網絡科技有限公司授權出版。

國家圖書館出版品預行編目(CIP)資料

筆給你,你來寫 / 三花喵著.-- 初版. -- 臺北市：三日月書版股份有限公司出版：英屬維京群島高寶國際有限公司臺灣分公司發行, 2023.05-
面；　公分. --

ISBN 978-626-7152-73-7(全套：平裝)

857.7　　112005474